《我们深圳》文丛

首部全面记录深圳人文的非虚构图文丛书

《我们深圳》丛书，

因“我们”而起，为“深圳”而生。

这是一套“故园家底”丛书。

这是一套“城市英雄”丛书。

这是一套“蓝天绿地”丛书。

这是一套“都市精灵”丛书。

《我们深圳》，是你的！

# 蛇口漫步

深圳市南山区蛇口街道办事处／著

深圳社区记忆

我们深圳

WANDERING IN SHEKOU

深圳报业集团出版社

1985
东角头山
招商大厦

1995

2005

2015

沧海桑田，蛇口蝶变

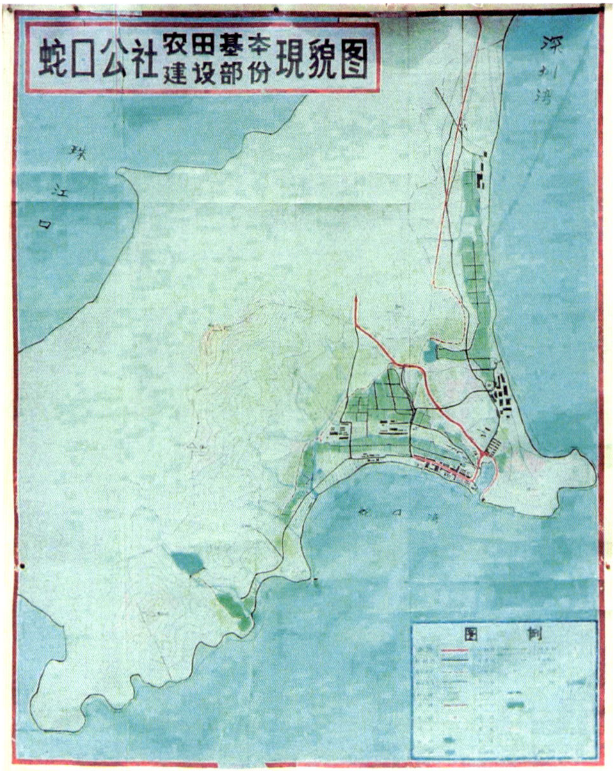


1979年，蛇口公社农田基本建设部分样貌图

20世纪70年代，蛇口村民打鱼场景

1983年，蛇口村貌，簇新楼群

20世纪80年代中期，蛇口蚝民在泥滩上劳作（罗沛 摄）

2021年第十九届中国国际人才交流大会蛇口街道国际人才街区展区（蛇口境外人员管理服务中心　提供）

蛇口中心河是具有浓郁人文气息和舒适自然风光的生态通廊

蛇口的滨海休闲带，是深圳不可或缺的滨水空间

夜幕下的深圳湾口岸

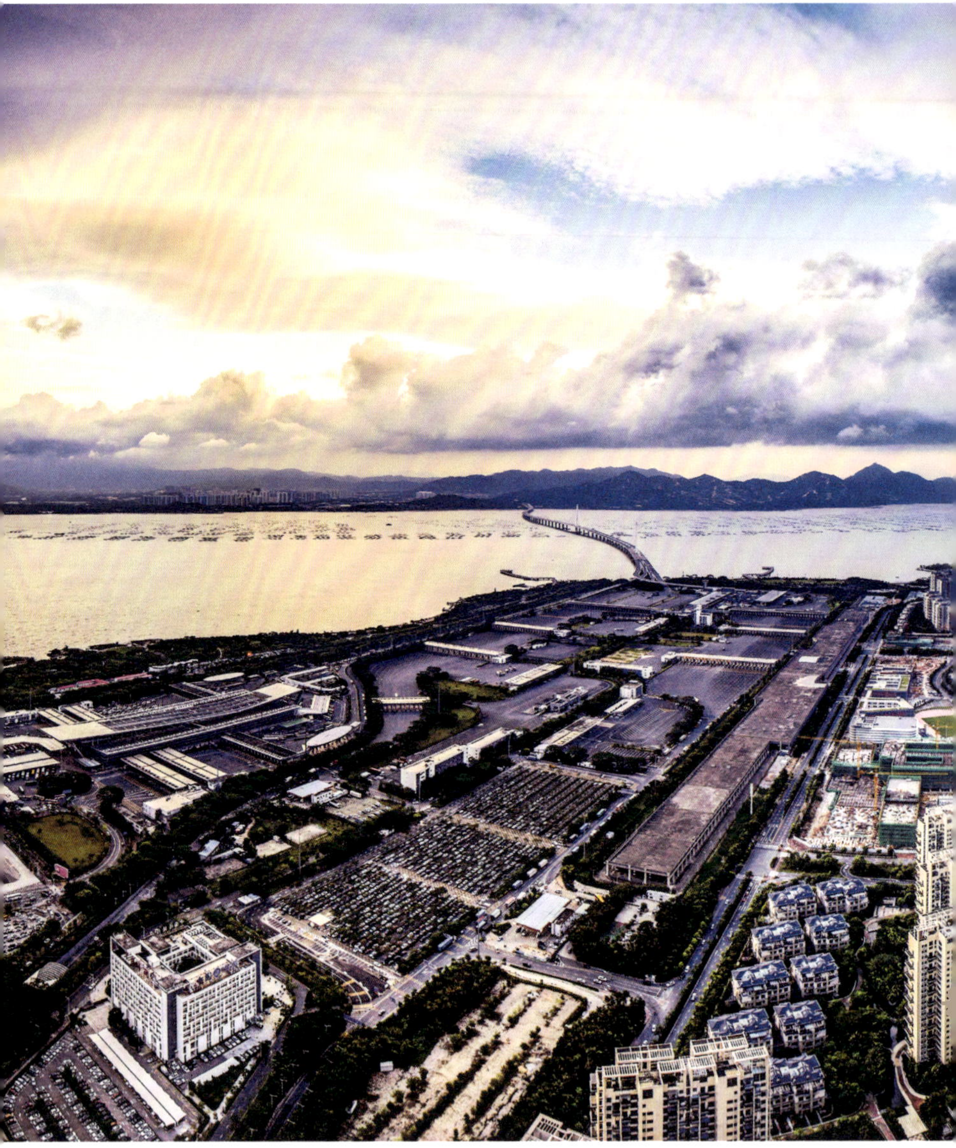

蛇口作为国际滨海新城，还在续写着更为动人的新篇章（樊世超　摄）

# 总序

《我们深圳》？

是的。我们，而且深圳。

所谓“我们”，就是深圳人：长居深圳的人，暂居深圳的人，曾经在深圳生活的人，准备来深圳闯荡的人；是所有关注、关心、关爱深圳的人。

所谓“深圳”，就是我们脚下、眼前、心中的城市：是深圳市，也是深圳经济特区；是撤关以前的关内外，也是撤关以后的大特区；是1978年以来的改革热土，也是特区建立之前的南国边陲；是现实的深圳，也是过去的深圳、未来的深圳。

《我们深圳》丛书，因“我们”而起，为“深圳”而生。

这是一套“故园家底”丛书，它会告诉我们：深圳从哪里来，到哪里去，路边有何独特风景，地下有何文化遗存。我们曾经唱过什么歌，跳过什么舞，点过什么灯，吃过什么饭，住过什么房，做过什么梦……

这是一套“城市英雄”丛书，它将一一呈现：在深圳，为深圳，谁曾经披荆斩棘，谁曾经独立潮头，谁曾经大刀阔斧，谁曾经侠胆柔情，谁曾经出生入死，谁曾经隐姓埋名……

这是一套“蓝天绿地”丛书，它将带领我们遨游深圳天空，观测南来北往的鸟，领略聚散不定的云，呼叫千姿百态的花与树，触碰神出鬼没的兽与虫。当然，还要去海底寻珊瑚，去古村采异草，去离岛逗灵猴，去深巷听传奇……

这是一套“都市精灵”丛书，它会把美好引来，把未来引来。科技的、设计的、建筑的、文化的、创意的、艺术的……这座城市，已经并且正在创造如此之多的奇迹与快乐，我们将召唤它们，吟诵它们，编织它们，期待它们次第登场，一一重现。

这套书，是都市的，是时代的。

是注重图文的，是讲究品质的。

是故事的，是好读的，是可爱的，是美妙的。

是用来激活记忆的，是拿来珍藏岁月的。

《我们深圳》，是你的！

胡洪侠

2016年9月4日

# 序

## 走进蛇口的历史纵深与百姓日常



改革开放40多年来，蛇口石破天惊，举世瞩目。从大众传媒的热词，到几代人的精神家园，关于蛇口的故事，怎么叙说都不为多，怎么深究都不为过。放到建党百年的大时空，放进千年变局的大历史，蛇口的故事依然精彩，更加丰满。蛇口、深圳、香港，因缘际会，进入历史的高光时刻，大背景是中西文明的碰撞与融合，是中国历史三千年变局首先从这里开始。中国社会的沧桑巨变，在这里有最经典的呈现。

深圳的起点，也许不是渔村，而是边城市镇，历史上的蛇口，却是不折不扣的渔村。明清以来，蛇口先民，滨海而居，向海而生，养蚝打鱼，耕读传家。珠江口的广府渔民，来这里定居；惠州龙岗的客家山民，也来这里定居；蛇口避风塘里还常年停泊着潮汕渔民和水上疍民的渔船。新中国成立以后，渔民上岸，聚族而居。小小的蛇口渔村，汇聚广东三大民系，民俗文化学上，是具体而微的“小深圳”“小广东”。蛇口的这段历史，其实见诸文字的并不多，可以说是鲜为人知。

蛇口工业区的开山炮，点燃了深圳改革开放的火炬，其所产生的影响也远远超越了工业区的范畴。与蛇口工业区相伴相生的是工业区之外的蛇口老村、老街、新社区。40多年来，蛇口工业区的范围在不断扩大，工业区外的变化也在日新月异。蛇口老村与工业区的相辅相成，蛇口老街的常变常新，蛇口新社区的拓展创生，是与蛇口工业区的发展如影随形的。蛇口老村，曾经是蛇口工业区外的宿舍区；蛇口老街，曾经是蛇口工业区外的商业区；蛇口新社区，正在成为越来越多新老蛇口人的主流生活区。越来越多的外籍人员，在蛇口街道居住，古老的蛇口渔村，因此有了“小小联合国”的美誉。蛇口街道社区的这段成长史和国际化经历，见诸文字的也不多，也可以说是鲜为人知。

所幸的是，作为“深圳全民写作计划”落地活动的“深圳社区文学大赛”，致力于搜集和整理深圳人文历史和社区故事，坚持十年，成绩斐然。深圳睦邻文学奖策划人黄东和及其运营团队，不仅关注到了蛇口街道社区的独特人文价值，并且建议以“漫步蛇口”的方式、从普通市民的视角，打量改革开放光环笼罩下的蛇口街巷，诠释蛇口老村落和新社区之间的历史勾连，用润物细无声的人间烟火而不仅仅是众所周知的宏大叙事来讲述建党百年以来蛇口渔村的历史变迁。这种老百姓喜闻乐见的文学漫步方式，值得在蛇口一试。

“全民写作计划”携手“我们深圳”丛书计划，为《蛇口漫步》找到了绝佳的出版方式。“我们深圳”是一套定位深圳人文的非虚构丛书，“小切口，深挖掘”，讲述一个民间的深圳、个人的深圳、充满情怀的深圳，原创、独特、深入。作为中国一座迅速崛起的现代化国际化大城市，深圳的历史变化是翻天覆地的。深圳的历史变迁图是怎样的？她的文化遗存在哪里？她的家谱是如何传承？“我们深圳”正是了解这些历史变化的“解密宝典”，这套丛书所记录的深圳历史的方方面面，填补了深圳正史的许多空白；丛书图文并茂，装帧精美，可读性强，宏观叙事与微观细节相结合，使历史的面貌更清晰、更感人。《蛇口漫步》列入“我们深圳”丛书出版，是蛇口街道历史文化建设的一件喜事，是蛇口街道办事处为庆祝中国共产党成立100周年献上的一份厚礼。

在此，谨向大力支持本书创作的董韶华、黄伟文、邓康延、王绍培、罗亚平、王国华、谢宏、陈彻、陈卫华、萧相风、李玉等特邀专家、学者及深圳本土知名作家，以老亨、孟文英、杨晓霞、黄芷如、黄颖怡为代表的编撰团队，表示衷心的感谢。感谢蛇口街道办事处周新森、莫浪、董宁、赖沛清、高云超、向亚峰、郭建伟、杨燕同志全程参与《蛇口漫步》一书的编写、统筹等各项工作。还要感谢蛇口街道各个社区的接待单位、热心受访居民、参访人员的积极配合。蛇口的事业，才刚刚开始，更大的作为，需要更多的人参与，更多的智慧支持！

《蛇口漫步：深圳社区记忆》编写组

2021年12月1日

# 目录

# CONTENTS

易港与广州这个千年不辍的国际贸易都市之间的陆路中心枢纽，而且是中西经济文化交流的先锋前沿。就在清王朝寿终正寝的那一年，广州到香港九龙的广九铁路开通，深圳墟站成为粤
了。蛇口，处在深圳市的西南一角，也在后来深圳经济特区的区划之中，却在深圳经济特区正式成立前后，石破天惊，声振寰宇，风头一时无两。南头半岛南高宽、北低窄，状似蛇头，
工业区，正是在这里点燃"蛇口开山第一爆"、炸响"中国改革开放第一炮"。蛇口工业区，最初只有2.14平方公里。在蛇口渔港的西头，微波山周边，炸山取土，修路建港，就是后来
世界，到工业三路的兰溪谷、三洋工厂（后来的南海意库），到工业四路的正大康地、招商局历史博物馆，到工业五路的南玻、安达、蛇口网谷，到工业六路的育才学校、招商大厦，到
口工业区面积扩大到10多平方公里。南头半岛南山脚下的东南地界，20多平方公里的地方，是招商街道的辖区所在，也是通常意义上招商蛇口的大致版图。就是在这块土地上，曾经创造
不曾留意的另外一面。在大蛇口的地面上，在工业一路到工业九路的东头，还有着另外一个蛇口。这个蛇口或许开发的更早，曾经更繁荣，或者说更老旧，如同深圳的老东门，较之于后来
东南部，外加内伶仃岛、大铲岛、孖洲岛3个海岛，总面积约16平方公里，隶属蛇口街道。可以说，这是大蛇口的"口部"和"下颚"部位，其中原来的蛇口渔港，就像是蛇张开的那个"
的蛇口查家。广东三大民系及其文化，在蛇口同样齐备，说蛇口街道是个具体而微的"小广东"，一点都不为过。但这个蛇口不属于蛇口工业区范畴，不是招商局在蛇口开发的主战场，
。改革开放之初，最毗邻香港的地头总是得风气之先，罗湖、盐田、蛇口，都是如此。不过蛇口到香港，走的不是陆路，是水路。从蛇口码头到香港中环码头，快艇不过个把小时。而招
1979年前后的现实背景下，无疑是蛇口的地理位置更适中，蛇口的"配套设施"更完善。早在1979年初春就来过蛇口、见习过蛇口东角头电厂筹建，现今常住蛇口的深圳资深媒体人董韶
"过番""闯海"相沿成习的蛇口人在40多年来的改革大潮中因变应变、与时俱进的心路历程。蛇口工业区之外的蛇口，是蛇口开发的起因和机缘，也是蛇口改革开放奇迹的另一个观察
实地探访南水村村民邬金英大姐，并采访到曾经在她家住了七年的老房客：来自蛇口工业区第一个不交租的"房客一号"李新初。据说李新初的身形颇似时任招商局常务副董事长的袁庚，
房钱，让他免费住。参与到蛇口工业区建设的"拓荒牛"们，早年来到这个只有渔民、村民的海边，不住渔民、村民家，住哪里呢？招商局后来在蛇口工业区规划建设了一系列配套的职工
开始就是封面蛇口的生活配套基地，后来渐次成为蛇口工业区开拓者、粤海科技园区创业者的理想家园。今天，数以千计的"老外"，数以万计的科创企业高管，都居住在封底的蛇口
飞猛进的深圳应该大书特书的华章。封底，也意味着，可以是另一种打开方式的封面。透过蛇口开山炮的烟霭风云，从空中鸟瞰中国改革开放的蛇口试管，招商局的蛇口工业区无疑是精
异的城市建筑所覆盖；曾经看起来非常宽阔的深圳湾，如今变成了深港双城间相看两不厌的景观湖；深圳湾大桥拉近了蛇口和元朗的距离，也创构了打量蛇口的新视角。就像上海的浦东、
革开放、奋斗开拓，化作深圳的市井繁华、民生福祉；这是唯美的封面：已经建好的望海路段公园，即将建设的深圳歌剧院，匠心独运的中心路新式骑楼……，深圳之美，总有惊喜；这
的城市各有诗意。改革开放以来的深圳，一路高歌猛进。由滨海渔村、边地小镇发展成为经济特区，由世界工厂转型成为科技产业高地，又由创意文化之都衍生为一座现代生活之城；包容
旅行目的地榜单上，深圳曾赫然排在第二位。旅行文化网这样介绍深圳："这座城市拥有高耸入云的摩天大厦、大胆的博物馆、巨型图书馆与展览中心，有远见的人们在此进行着各式各
些混搭，但已然是当今世界最前沿、最先锋、最冒险、最具创意的城市 著名地标，到往常熟视无睹几近遗忘的街巷角落，每天都有许多值得你我记住和记录
修。心底涌现的对于生活的热情与爱，是我们能在城市这个大容器 是因为即使一个最平凡的街角，也可能是触动很多人内心最柔软处的存在。
意，霓虹灯下的角落里，同样洋溢着烟火气与人情味儿的记忆。 市的诗意，不必去到远方才开始留意；这座城市的故事，不必等到往后才写成诗
海岸南边的中湾阅海广场向西，依次途径海韵公园、白鹭坡、北湾 经深圳湾春茧体育中心东，无缝链接到深圳人才公园，过流花山、弯月山谷，
元朗，近若咫尺，顿感人力之工巧，有甚于万物之造化。大桥以西，则是已经建好的海风运动广场和正在规划建设的深圳歌剧院，中心路人工河夹中入海，人间胜景，殊可期待。后海滨
深圳湾公园西端的尽头了。渔人码头、渔湾栈道，玫瑰花园、蛇口花园、双玺花园、新玺名苑，女娲滨海公园，渔船鳞次栉比，可谓舸舰弥津，华屋檐瓦相继，氤氲烟火人家。旧港新城，
，虽有疫情，不减人气。石云路口人潮如鲫，壁画盈墙，雕塑满街，渔村今昔，历历在目。西行至海昌街、兴华路，便与大名鼎鼎的海上世界相接。蛇口老街以北，与老街、海昌街大致
部聚集在这个地段。南水路也是一条繁华的商业街，西接太子路，东到蛇口广场，好吃的卤水店，好看的成衣铺，古朴的南水村史博物馆，现代的蛇口海洋科普馆，都在这条街上。蛇口
地段，从招商路、公园路、花果路、爱榕路都可通达。蛇口新街东头以北，即湾厦村东面、后海大道以东，原本是深圳湾海域滩涂，原来湾厦村的妈祖庙就是建在湾海之滨的。现在从后
里，留出连绵的人行通道，行人逛街，日不晒，雨不淋，一如传统的广式骑楼，却与簇新的现代楼宇甚是相搭。人工河不闻异味，骑楼街行人却并不多，填海新区楼价不菲，楼下临街商业
海滨、翡翠海岸、海怡湾等高端楼宇围合而成的高尚社区，中心路的人工河从北到南一以贯之，两岸翠绿成荫，两边骑楼相连，遍观全深圳，此种街景设计，此等人文用心，都是极为稀罕
学附近的粤海门村，住在一个月租600元的房子里。在一次饭局上，她遇到了南下深圳的剧作家杨阡。杨阡常常带着马立安在不同的村子里找好吃的，吃"最地道的土菜"。就这样，他们
大街小巷，感悟城市与自己的细微关系，鼓励他们书写或记录自己的故事。从白石洲开始，到沙井、观澜、大浪、蛇口、福田、华强北、东门、湖贝、沙头角……马立安希望，深圳这座
全世界高速城市化中曾经是最好的大都市低成本生活区。他论证说，中国的城市化在清朝中期只有5.1%，到清朝末年，用50年的时间提高了不到1个百分点。改革开放之后中国的城市化一
有惊人的规模和完美的布局。李津逵说，深圳有241个城中村，建城区面积700多平方公里，平均4平方公里就有一个村，也就是说，深圳的低成本生活区之间的距离是步行距离，这是相当
发展阶段是不可或缺的。城中村中供应与需求的"良性循环"孕育出一股"自由的空气"，不断孕育着新的产业萌芽，为一代代闯深圳的人们提供落脚点。深圳的城中村里走出过很多人
人口900人，外来的租户7万人。改造以后，它的面积增加了一些，达到70万平方米。增加的面积、变化的户型使得成本迅速升高，原来住在里面的人再租不起了。结果是原本7万人的岗厦
商业的生态关系：茂密的红树林总是生长在有盐分、有养分的滨海湿地。蛇口的自然村落，在工商业围城中，也曾经是一片温润、咸湿、包容并孕育了无限可能性的生存湿地。这片湿地
到哪里去？湾厦村：蛇口的老树与新藤湾厦村位于湾厦山东南、蛇口山东北。走进湾厦，仿佛行走在密林之中。这里是人的密林。根据《南山年鉴·2020》记载，作为蛇口街道居住人口
0间店铺，店铺种类应有尽有，商品物美价廉。这里是巷道的密林。除了几条主巷道相对宽敞，大部分楼间距一米左右，巷道大多只能并行两人，狭窄而密集。如果熟悉了，能像鲶鱼一样
的甚至完全封住了天空，形成一个个隧道般的巷子——这种情形，比我们常说的"握手楼""亲嘴楼"，也许更贴切。在这里，30平方米的房子，租金大概是1500元至1800元。租客多是
老村的初印象，但湾厦有更古老的历史。湾厦位于深圳湾畔南头半岛最南端，也就是村民俗称的最下边，故曾名：湾下村。20世纪80年代初，村民们觉得"下"字不好听，所以改"下"
为生。19世纪后，南洋开发起来，滨海而居的广东人、福建人，纷纷出洋谋生。第二次世界大战以后，香港制造业发达，吸引很多劳动力到香港打工、做生意。到20世纪70年代末至80年代
只有四海公园那边有些稻田，花果山以前是有山的。湾厦小山以前也是一座山，小时候觉得很高，现在修了路上来，楼高了，山就不觉得高了。家里餐餐吃土豆，好不容易打到的鱼是要
生产队的生产任务。嘴馋时，就拿竹竿捅杨桃吃，小小的，酸得掉牙，但能吃到就很满足了。荔枝园里经常会躲有偷渡的人，有的从东莞来，有的是外省的。那时候，海上出事的多是这些
，会给一点钱或者买一些猪肉上门。成功出境后，偷渡人还写信过来感谢，彼此书信往来了近10年。樊姐13岁时，父亲也曾想将她送到香港去，但有两个弟弟需要帮忙照顾，他就自己只身
加上村里开始分红，村民把一层、两层的房子拆了盖新的，或在此基础上加多一层两层。等到第三次修建时，就将四五层的房子都拆除，建成现在所见的楼房。男人都在外面，湾厦就成了
村里开始兴办"三来一补"企业，主要生产表带、开关，村里把任务分配到每户每家。接了活，女人们又开始在家里忙加工业务，按件算钱，老人孩子一起上。那时候湾厦村的领头人莫锦
次湾厦"妇女之旅"去的是肇庆七星岩，两天一夜。那是很多湾厦妇女第一次走出蛇口。在樊姐心里，人称"莫老爷"的莫锦华，是湾厦村难得的一个有文化的"能人"。1945年，莫锦华
年起担任湾厦村党支部书记，1992年起担任蛇口湾厦实业股份有限公司董事长。莫锦华的脑子很活泛。在20世纪70年代，他与留守妇女们一道劳作，带领公社社员种植水稻、蔬菜，出口到
一开始的合作模式，是湾厦出土地，对方出资金、技术，但莫锦华很快认识到继续这种模式的话，湾厦无法掌握核心技术，走不长远。于是，他带领湾厦开始尝试独立投资，并且规划建设
胆选拔年轻人，并且从蛇口工业区挖来房地产专才，组建专业队伍，不断独立开发新楼盘。这与深圳其他农村集体企业只提供土地由开发商建房的做法迥然不同，村民获益也更多。但湾厦
。譬如，资助扶持主要面向来深建设者子女的民办学校东湾小学、兴建社区福利幼儿园等等，这都与莫锦华和湾厦人的眼光与心胸分不开。2010年，莫锦华与袁庚、任正非、马蔚华、马化
基层做起，双脚几乎丈量了湾厦的每一寸土地。在她的脑海中，清晰保存着湾厦村历史过往与当今眼下的容貌对照图，每走到一处，都能讲出一段故事，比如这里以前有一棵好大的凤凰树
之下，湾厦村的租金要便宜200—500元。潮汕人来得最早，然后是来自河南、湖南、湖北的。潮汕人大都是租个小店，自己做生意，其他地域的人，多是打工，或者做运输，开车、开船。
间，每个房间可以放3张单人床，每层楼共用一个洗手间，洗手间里还有一台波轮洗衣机。一楼是客厅和厨房，有一台电视机供大家看。当时，一间房月租金是600元，整栋楼6000元，平摊到
元。这样算来，湾厦村民的出租屋，租金涨了3倍不到，是留得住人的。当然，现在也出现了不少"精品"装修的单间出租屋，10多平方米、带独立洗手间、家电家具齐全，月租金提高到2
大片荔枝林。每年六月荔枝挂果时节，林子里便从早到晚坐着些本地大婶大叔，手里干着摘扁豆的活计，眼睛随时瞟着路过的外来户，防着偷荔枝。一开始，陈彻感觉，租客跟村民的关系
个月工资。还有，年底村里分红，每户村民得到的现金要装在两个竹筐里用扁担挑回家，村里女孩出嫁时胳膊上戴的足金镯子从手腕一根一根排到肩膀。陈彻觉得，自己和他们是两个相隔
水果乐呵呵走进来，坐在竹椅上，用极难听懂的广式普通话请陈彻他们吃水果。见他们个个脸上挂着泪痕，大叔愣了一愣，随后说了好多话，陈彻只勉强听懂其中的几句。大叔说："以前

## 序篇：蛇口的封面与封底

## 村落篇：蛇口的湿地与根系



## 街区篇：蛇口的熟悉与陌生



## 特约篇：蛇口的记忆与遐想



## 相关附录



## 参考文献

**蛇口**，处在**深圳市的西南一角**，也在后来深圳经济特区的区划之中，**却在深圳经济特区正式成立前后**，石破天惊，声振寰宇，**风头一时无两**。

一

# 序篇：蛇口的封面与封底

1979年7月8日，中国改革开放的“开山第一炮”在蛇口南水村的农田里炸响

最初的蛇口与同时期的深圳，约莫是一样的吧？不多的人家，古朴的村落，南方的沟渠，滨海的气息，渔获多一点，抑或稻收多一点，都是取之自然，予之自然。说到底，农耕时代，中国人绝大多数的故园家底都是差不了许多的，不论山居还是田园，不论内陆还是近海。

都是得宝而安的旧时郡县治下的村庄，深圳的发迹，略早于蛇口。许是因门前沟渠而得名的“深圳”小村落或小集市，地处西面南头古城到东头盐田、大鹏所城的陆路中间地段，又是北边布吉、横岗到南边九龙、香港的水路中间位置。水陆交汇之地，商业自然就兴旺一些，所以历史上的深圳，不是以“村落”闻名，而是以“墟市”著称。深圳墟，在明清之际，已经颇有气象了。彼时的蛇口，也许有鱼、有盐、有网、

1975年，宝安县蛇口渔港，千帆竞发



有船，但繁华景象未必赶得上深圳。

近代香港开埠，深圳的地理位置就更见重要了。它不仅是香港这个新兴国际自由贸易港与广州这个千年不辍的国际贸易都市之间的陆路中心枢纽，而且是中西经济文化交流的先锋前沿。就在清王朝寿终正寝的那一年，广州到香港九龙的广九铁路开通，深圳墟站成为粤港边境第一站。深圳墟虫蛹化蝶，成了深圳镇。彼时的香港人，未必知道宝安县县长是谁，却少有不来深圳镇上流连的。深圳声望日隆，以至深港界河定名为深圳河；宝安撤县建市，也不叫宝安市，改叫深圳市了。

蛇口，处在深圳市的西南一角，也在后来深圳经济特区的区划之中，却在深圳经济特区正式成立前后，石破天惊，声振寰宇，风头一时

改革开放前的蛇口码头



无两。南头半岛南高宽、北低窄，状似蛇头，东侧山嘴，像张开的蛇口，“蛇口”这个地方因此而得名。大致说来，蛇口的“上颚”及以上部位，是招商蛇口；张开的“蛇口”及“下颚”部位，属蛇口街道。首先登上时代封面的是招商蛇口，因为招商局的蛇口工业区，正是在这里点燃“蛇口开山第一爆”、炸响“中国改革开放第一炮”。

蛇口工业区，最初只有2.14平方公里。在蛇口渔港的西头，微波山周边，炸山取土，修路建港，成了后来的蛇口港。新建的蛇口港，通航通商，发展临港工业，与古老的蛇口渔港迥然不同。蛇口工业区，一炮而红，不断壮大。沿南海大道往北，从最南端的蛇口客运码头，到工业一路的南海酒店，到工业二路的海上世界，到工业三路的兰溪谷、三洋工厂（后来的南海意库），到工业四路的正大康地、招商局历史博物馆，到工业五路的南玻、安达、蛇口网谷，到工业六路的育才学校、招商大厦，到工业七路的联合医院（现更名为深圳市蛇口人民医院暨中南大学湘雅二医院深圳医院）、四海公园，到工业八路的花园城、玫瑰园，到工业九路的爱榕园、招商海月花园，直到东滨路的沃尔玛、招商桃花园，蛇口工业区面积扩大到10多平方公里。南头半岛南山脚下的东南地界，20多平方公里的地方，是招商街道的辖区所在，也是通常意义上招商蛇口的大致范围。就是在这块土地上，曾经创造出24项全国第一，缔造了中国改革开放的蛇口奇迹。这也就是40多年来，人们耳熟能详的那个蛇口，人们心向神往的那个蛇口。

但这只是令人目眩的蛇口的封面，蛇口还有自己神秘的封底。

封底，意味着你可能不曾留意的另外一面。在大蛇口的地面上，在工业一路到工业九路的东头，还有着另外一个蛇口。这个蛇口或许开发得更早，曾经更繁荣，或者说更老旧，如同深圳的老东门，较之于后来的荔枝公园周边，有着更古远的历史。紧贴着招商蛇口，由西南向东北，依次沿康乐路、商乐街、水湾路、招商路、花果路、工业七路、后海滨路、东滨路为界，以东、以南，直抵深圳湾和珠江口的南头半岛东南部，外加内伶仃岛、大铲岛、孖洲岛3个海岛，总面积约12.29平方公里，隶属蛇口街道。可以说，这是大蛇口的“口部”和“下颚”部位，其中原来的蛇口渔港，就像是蛇张开的那个“口”；蛇口山，就像是长在蛇下颚上的那颗“牙齿”了。这里有东门老街一样的蛇口老街，这里有岗厦村一样的湾厦村，这里有沙井蚝民一样的蛇口蚝民，这里有龙岗客家一样的南水客家，这里有大鹏疍家一样的蛇口疍家。广东三大民系及其文化，在蛇口同样齐备，说蛇口街道是个具体而微的“小广东”，一点儿都不为过。但这个蛇口不属于蛇口工业区范畴，不是招商局在蛇口开发的主战场，不是蛇口改革开放大舞台上聚光灯集中照亮的地方。她的故事还鲜为人知，她的精彩还藏在封底。

二十世纪八九十年代，蛇口掀起学习热潮，大家热衷于上夜校、逛书摊

封底，意味着同样值得深究的根底或根基。招商局之所以选择来蛇口开发工业区，一则当然是因为蛇口离香港近。改革开放之初，最毗邻香港的地头总是得风气之先，罗湖、盐田、蛇口，都是如此。不过蛇口到香港，走的不是陆路，是水路。从蛇口码头到香港中环码头，坐快艇不过个把小时。而招天下商、通五洲航的百年名企招商局，不仅熟悉水路，更想在临港工业方面大有一番作为，处在珠江东岸出海口的蛇口因此入了招商局的法眼。也许东边的大鹏、沙涌、盐田也有自然条件不错的建港选址，但在1979年前后的现实背景下，无疑是蛇口的地理位置更适中，蛇口的“配套设施”更完善。早在1979年初春就来过蛇口、见习过蛇口东角头电厂筹建，现今常住蛇口的深圳资深媒体人董韶华，以万言长文深情分享了深藏在她心里40多年的蛇口“私家见闻”。深圳非虚构文学作家萧相风，用7年时间跟踪采访蛇口“渔人码头”的新老蚝民，以洋洋二十九万言的文学叙述，再现了向海而生、耕海而食、“过番”“闯海”相沿成习的蛇口人在40多年来的改革大潮中因变应变、与时俱进的心路历程。蛇口工业区之外的蛇口，是蛇口开发的起因和机缘，也是蛇口改革开放奇迹的另一个观察视角、另一种呈现方式。如果一枚硬币有两面，蛇口改革开放故事这本大书也有自己的封底与封面，封面大放异彩，封底自有魅力。

封底，意味着出乎你意料之外的另类精彩。《深圳样本》的作者罗亚平，曾经实地探访南水村村民邬金英大姐，并采访到曾经在她家住了七年的老房客：来自蛇口工业区第一个不交租的“房客一号”李新初。据说李新初的身形颇似时任招商局常务副董事长的袁庚，与袁庚前后脚来到蛇口。在开发蛇口工业区的最初的日子里，袁庚曾经租住在南水村村民家的房子里。来蛇口闯荡创业，最初做过装卸工的李新初租住村民房子的时间更长达七年，房东邬金英大姐一度不收他的房钱，让他免费住。参与到蛇口工业区建设的“拓荒牛”们，早年来到这个只有渔民、

蛇口市场旧貌（罗沛　摄）

村民的海边，不住渔民、村民家，住哪里呢？招商局后来在蛇口工业区规划建设了一系列配套的职工宿舍、居民小区、别墅、酒店，但是更多像李新初一样来蛇口“淘金”“拓荒”的人，先是租住在工业区之外的村民房，或称农民房、城中村，富裕之后才开始购买商品房、租住高级公寓。封底的蛇口，从一开始就是封面蛇口的生活配套基地，后来渐次成为蛇口工业区开拓者、粤海科技园区创业者的理想家园。今天，数以千计的“老外”，数以万计的科创企业高管，都居住在封底的蛇口街道，相关数量指标竟高于名声在外的招商街道和粤海街道。沧海桑田，昔日荒僻的小渔村，摇身一变，成了有“小小联合国”之称的国际化社区。这是完整的蛇口故事不该忽略的精彩，也是在国际化进程上突飞猛进的深圳应该大书特书的华章。

封底，也意味着，可以是另一种打开方式的封面。透过蛇口开山炮的烟霭风云，从空中鸟瞰中国改革开放的蛇口试管，招商局的蛇口工业区无疑是精彩纷呈的蛇口封面。设若从香港元朗的米铺、天水围、流浮山，向西眺望深圳湾，就会发现深圳湾西岸的天际线，正在形成美轮美奂的蛇口新封面。改革开放40余年，从深圳墟到蛇口渔村的水泽田园，被日新月异的城市建筑所覆盖；曾经看起来非常宽阔的深圳湾，如今变成了深港双城间相看两不厌的景观湖；深圳湾大桥拉近了蛇口和元朗的距离，也创构了打量蛇口的新视角。就像上海的浦东、浦西，隔着黄浦江对望，使得外滩和陆家嘴相映成景、相映成趣，往来频密、争妍斗艳的深港双城，隔着深圳湾对望，使得濒临深圳湾的蛇口、后海，有机会成为深圳的城市封面。这是生活的封面：多年的改革开放、奋斗开拓，化作深圳的市井繁华、民生福祉；这是唯美的封面：已经建好的望海路段公园，即将建设的深圳歌剧院，匠心独运的中心路新式骑楼……深圳之美，总有惊喜；这是文化的封面：工业与人文、科技与人文、自然与人文，在蛇口这片老渔村和新填海地面，将会如何勾兑、沉淀，孕育新意？

打开城市的封面，走进城市的风景，往往各有路径。世界上有着各种各样的城市，不同的城市各有诗意。改革开放以来的深圳，一路高歌猛进。由滨海渔村、边地小镇发展成为经济特区，由世界工厂转型成为

正在建造的深圳歌剧院，是深圳“新十大文化设施”之一

科技产业高地，又由创意文化之都衍生为一座现代生活之城：包容着五湖四海的外来文化，交织了不同身份的差异人群，拥抱千千万万种人生。





深圳继柏林、布宜诺斯艾利斯、蒙特利尔、名古屋、神户之后，是全球第六个“设计之都”。在旅行杂志《孤独星球》世界十大最佳旅行目的地榜单上，深圳曾赫然排在第二位。旅行文化网这样介绍深圳：“这座城市拥有高耸入云的摩天大厦、大胆的博物馆、巨型图书馆与展览中心，有远见的人们在此进行着各式各样的实验。”然而，深圳最美的风景，无疑还是2000多万城市移民日栖夜息的日常生活场景。我们的街道、里巷、社区、小区、楼宇、亭台、市场、门店……虽然还有些粗糙，还有些喧嚣，还有些混搭，但已然是当今时代最前沿、最先锋、最冒险、最具创意的城市所在……从这座城市最打眼的著名地标，到往常被熟视无睹几近遗忘的街巷角落，每天都有许多值得你我记住和记录的故事悄然发生，共同构成了这座城市的丰富内在。它们正如城市的毛细血管一样，为充满生机的日常生活雨林注入滋养。

历经疫情，我们方能更加深刻体会到日常的可贵。当无法自由呼吸，漫步街巷就变得异常奢侈。心底涌现的对于生活的热情与爱，是我们能在城市这个大容器里找到属于自己的落脚点的温暖。在城市里漫步，是因为即使一个最平凡的街角，也可能是触动很多人内心最柔软处的存在。就在疫情反复之际，我们戴着口罩，继续着我们的蛇口漫步。因为我们想将诗意的、遥望远方的目光，也投射到我们身处的脚下，漫步我们熟悉到几乎被无视的周遭，发现我们美好却已然无感的日常。城市山林里也有诗意，霓虹灯下的角落里，同样洋溢着烟火气与人情味儿的记忆。我们不必等到未来，再来回忆当下。这座城市的诗意，不必去到远方才开始留意；这座城市的故事，不必等到往后才写成往事。漫步蛇口，从迈开我们的双腿开始！

车行蛇口，以深南大道、滨河大道转沙河西路南下最为快捷。漫步蛇口，则可沿深圳湾公园滨海步道从容抵达。深圳湾公园东起福田红树林生态保护区，经华侨城欢乐海岸南边的中湾阅海广场向西，依次途经海韵公园、白鹭坡、北湾鹭港、小沙山，至大沙河口，斗折南行，经深圳湾春茧体育中心东，无缝链接到深圳人才公园，过流花山、弯月山谷，抵东滨路口的深圳湾口岸，就到深圳湾公园蛇口望海路地段了。一路红树白鹭，翠椰绿茵，远蚝近鱼，波光粼粼，熏风南来，不饮自醉。续行经日出剧场、婚庆公园，信步观海栈道，深圳湾大桥飞架南北，香港元朗，近若咫尺，顿感人力之工巧，有甚于万物之造化。大桥以西，则是已经建好的海风运动广场和正在规划建设的深圳歌剧院，中心路人工河夹中入海，人间胜景，殊可期待。后海滨路口，举目西探，蛇口山赫然在望，蛇口山南就是海居名楼半岛城邦了。城邦东南，也有阅海广

深圳湾大桥连接深圳蛇口与香港元朗，为中国公路干线网中与香港连接的高速公路大桥，也是广深沿江高速公路的咽喉

场，花团锦簇，雅座连廊。凭栏凌风，远眺南海，尘心尽洗，浪漫满怀。乘兴而西，就是蛇口老港的新岸，也是深圳湾公园西端的尽头了。渔人码头、渔湾栈道，玫瑰花园、蛇口花园，双玺花园、新玺名苑，女娲滨海公园，渔船鳞次栉比，可谓舸舰弥津，华屋檐瓦相继，氤氲烟火

人家。旧港新城，闾阎繁华，融于一湾；天造人设，民生福祉，但看一园。深圳湾公园之为深圳封面、蛇口封面，良有以也。

而蛇口渔港又是蛇口封面不容错过的下一个精彩。它的地理条件非常优越，位于蛇口街道南端，南临深圳湾与香港隔海相望，东临西部通

站在白色灯塔上，会感觉整片海都被自己承包了

道、深圳湾口岸，西近蛇口客运港和太子湾。这个国家一级渔港，几经变迁，承载了深圳人的诸多海洋记忆，是城市发展的历史见证和缩影，自有特殊文脉。随着自贸区的建设、《粤港澳大湾区发展规划纲要》的实施、深圳建设全球海洋中心城市的要求、深圳湾滨海休闲带的建成，蛇口渔港也有了新的历史定位，等待着新的历史转折。这里正进行整体升级改造，功能将由原本单一的生产交易上升为集渔港功能、滨海体验、旅游观光为一体的都市生活休闲渔港，为蛇口带来全新的面貌。

从蛇口渔港码头出发，经渔二村，可到蛇口老街。蛇口市场人头攒动，设施超新，繁忙胜昨。石云路口人潮如鲫，壁画盈墙，雕塑满街，渔村今昔，历历在目。西行至海昌街、兴华路，便与大名鼎鼎的海上世界相接。蛇口老街以北，与老街、海昌街大致平行的东西向街道，依次是商乐街、南水路和蛇口新街。商乐街与海昌街在蛇口老街的西头交叉，围合而成一个三角形街区，周边店铺林立，是早年间蛇口烟火味儿最旺最浓的所在，华洋酒店等蛇口老字号餐饮全部聚集在这个地段。南水路也是一条繁华的商业街，西接太子路，东到蛇口广场，好吃的卤水店，好看的成衣铺，古朴的南水村史博物馆，现代的蛇口海洋科普馆，都在这条街上。蛇口新街，西起公园南路，东连科苑南路，是横贯蛇口街道中部的东西向交通主干道，簇新的商业生态正在涵养孕育。蛇口新街以北，西边是湾厦山高地，蛇口渔村的原住民世世代代大多居住在这块临海向阳的高坡地段，从招商路、公园路、花果路、爱榕路都可通达。蛇口新街东头以北，即湾厦村东面、后海大道以东，原本是深圳湾海域滩涂，原来湾厦村的妈祖庙就是建在湾海之滨的。现在从后海大道，到后海滨路，到中心路，到科苑南路，到望海路，都是新填海区，都是真正的新蛇口。新蛇口的中心路上有一条人工河，两岸绿荫参差，楼宇相继。所有临街一楼，皆为现代骑楼设计：店铺缩进楼宇内里，留出连绵的人行通道，行人逛街，日不晒，雨不淋，一如传统的广式骑楼，却与簇新的现代楼宇甚是相搭。人工河不闻异味，骑楼街行人却并不多，填海新区楼价不菲，楼下临街商铺还有个培育期。一旦中心路南端的深圳歌剧院建成，从东滨路北的深圳湾1号，沿中心路迤逦向南，直到歌剧院，是由三湘海尚、君汇新天、太古城、百丽湾、吉祥龙、卓越维港、恒裕·滨城、皇庭港湾、阳光海滨、翡翠海岸、海怡湾等高端楼宇围合而成的高档社区，中心路的人工河从北到南一以贯之，两岸翠绿成荫，两边骑楼相连，遍观全深圳，此种街景设计，此等人文用心，都是极为稀罕的。谁能说，一眼就能看透蛇口的封面与封底，一览无余蛇口的底蕴与未来？

晨曦中的渔人码头，摄于2017年（林进辉　摄）

**蛇口的自然村落**，在工商业围城中，**也曾经是一片**温润、咸湿、包容并孕育了无限可能性的**生存湿地**。

# 二

# 村落篇：蛇口的湿地与根系

1995年，在美国莱斯大学念博士的马立安，第一次来到深圳，开始人类学田野调查。那时，她在深圳大学附近的粤海门村，住在一个月租600元的房子里。在一次饭局上，她遇到了南下深圳的剧作家杨阡。杨阡常常带着马立安在不同的村子里找好吃的，吃“最地道的土菜”。就这样，他们渐渐走到了一起，成就了一桩有趣的异国情缘；也因此走进了深圳大大小小的城中村，开始用人类学眼光打量深圳。马立安和杨阡发起了一个城市走读活动，每次活动，他们聚集不同职业的人，一起走读深圳的大街小巷，感悟城市与自己的细微关系，鼓励他们书写或记录自己的故事。从白石洲开始，到沙井、观澜、大浪、蛇口、福田、华强北、东门、湖贝、沙头角……马立安希望，深圳这座她热爱的城市可以实践主动多元化。城中村的存在就是深圳多元化的体现，也给深圳提供了更多可能性。

与马立安的观点不约而同的，是中国（深圳）综合开发研究院理事、资深研究员李津逵，他认为城中村在全世界高速城市化中曾经是最好的大都市低成本生活区。有人算了一笔账，每引进1亿外商直接投资就可以创造1000个生产岗位，很多奔赴这些生产岗位的劳动者们自然而然就住进了城中村。而深圳的城中村具有惊人的规模和完美的布局。李津逵说，深圳有241个城中村，建城区面积700多平方公里，平均4平方公里就有一个村，也就是说，深圳的低成本生活区之间的距离是步行距离，这是相当难得的事情。其次，深圳的城中村具有罕见的密度和便利的服务。深圳有半数人口都住在城中村，但整个城中村的面积不足深圳的5%，这半数深圳人口的衣食住行全部可在村里解决，城中村中的供应与服务在一定发展阶段是不可或缺的。城中村中供应与需求的“良性循环”孕育出一股“自由的空气”，不断孕育着新的产业萌芽，为一代代闯深圳的人提供落脚点。深圳的城中村里走出过很多人，有企业家、发明家、艺术家、演员、创客等等。

这就是城中村与城市工商业的生态关系，一如茂密的红树林总是生长在有盐分、有养分的滨海湿地。

蛇口的自然村落，在工商业围城中，也曾经是一片温润、咸湿、包容并孕育了无限可能性的生存湿地。这片湿地在缩减、在蜕变、在涅槃；湿地里庞杂的根系，在向下扎根，也在向上生长。也许只有走进湿地深处，我们才会明白，小小的蛇口渔村为什么会被誉为“小广东”？这片土地上的原住民，他们是谁？从哪里来？到哪里去？

民安

湾厦牌坊

# 湾厦村：蛇口的老树与新藤

湾厦村位于湾厦山东南、蛇口山东北。

走进湾厦，仿佛行走在密林之中。

这里是人的密林。根据《南山年鉴·2020》记载，作为蛇口街道居住人口最多、人口密度最高的社区，湾厦这仅仅0.13平方公里的地头上就居住了近20000人，其中，外来人口就有19000多名。

这里是楼宇与店铺的密林。湾厦建有近千栋房屋，包括556栋自建房、6333套出租屋和230间店铺，店铺种类应有尽有，商品物美价廉。

这里是巷道的密林。除了几条主巷道相对宽敞，大部分楼间距一米左右，巷道大多仅能并行两人，狭窄而密集。路人如果熟悉了，能像鲶鱼一样，迅速找到通往目的地的最便捷的通道。



这里保留着十足的烟火气，这些烟火有复杂的底色，伴着些神秘、伴着些无奈。许多地方难见阳光，这么多密不可分的楼群在半空中相互粘连，只留出“一线天”，有的甚至完全封住了天空，形成一个个隧道般的巷子——这种情形，比我们常说的“握手楼”“亲嘴楼”，也许更贴切。

在这里，30平方米的房子，租金大概是1500～1800元。租客多是基层务工人员，他们为了节约开支容纳更多人，基本家家户户都是双架床。人与物相拥，生活不易，但他们非常珍惜在此居住的机会。很多人在这里租住了十多年，有的甚至长达三十多年。

这就是很多人对湾厦旧村的初印象，而湾厦有更古老的历史。

湾厦位于深圳湾畔南头半岛最南端，也就是村民俗称的最下边，故曾名“湾下村”。20世纪80年代初，村民们觉得“下”字不好听，所以改“下”作“厦”。湾厦初建于明朝末年，是蛇口最早的古村落，这里依山傍海、风景秀丽，吸引了屈、樊、刘、莫、李等姓氏的先祖从番禺、东莞乃至福建等地迁来安居，主要以种植粮食、果树（荔枝树），养蚝、捕鱼为生。

19世纪后，南洋开发起来，滨海而居的广东人、福建人，纷纷出洋谋生。第二次世界大战以后，香港制造业发达，吸引很多劳动力前往。到20世纪70年代末至80年代初，湾厦村只剩下64户人家，320人。男丁缺乏，留下妇女独当一面。曾任湾厦居委会主任的樊姐是湾厦村原住民，出生于1967年，忆起小时候，她说只有一个字：穷。环境很闭塞，周边到处是山林，只有现今四海公园那边有些稻田，花果山以前是有山的。湾厦小山以前也是一座山，小时候觉得很高，现在修了路，楼高了，山就不觉得高了。以前家里餐餐吃土豆，好不容易打到的鱼要拿去换钱。只有过年时，踩一个多小时的单车，走山路、转好几个坡，去南头换生活用品时，才能有机会吃到一碗猪红，5分钱，那美味至今还记得。村里种的荔枝也是吃不到的，那是经济作物，计入生产队的生产任务。嘴馋时，就拿竹竿捅杨桃吃，小小的，酸得掉牙，但能吃到就很满足了。

荔枝园里经常会躲有偷渡的人，有的从东莞来，有的是外省的。那时候，海上出事的多是这些外来客。蛇口人熟水性，又清楚水流、潮汐、风向等，基本不会淹死。樊姐13岁时，父亲也曾想将她送到香港去，但家中有两个弟弟需要照顾，父亲只身一人过去了。樊姐从那时开始学着当家，存好父亲托人捎带回来的港币，那时，1元港币可以兑换1.15元人民币。

男人们在外面挣了钱，就回来盖房子。一开始有的建了两层，有的

湾厦曾被称为“女人村”，图为劳作后开心归来的湾厦女人（湾厦社区提供）

建一层。等又多了一些积蓄，加上村里开始分红，村民把一层两层的房子拆了盖新的，或在此基础上加多一层两层。等到第三次修建时，就将四五层的房子都拆除，建成现在所见的楼房。



男人都在外面，湾厦就成了“女人村”，几乎每家每户都只有一个妇女带着几个孩子和老人留守。女人要耕田、割禾、种蔬菜、摘荔枝。收荔枝是大事，挂果时要打理，摘果后要赶紧挑去卖，还要下枝……忙个不停。20世纪80年代初，村里开始兴办“三来一补”企业，主要生产表带、开关，村里把任务分配到每家每户。接了活儿，女人们又开始在家里忙加工业务，按件算钱，老人孩子一起上。那时候湾厦村的领头人莫锦华曾说：“湾厦妇女撑起了‘整片天’。”为了纪念女人们的贡献，从1985年起，每年的三八妇女节成为全村的大节日，湾厦所有的妇女和村民欢聚一堂，除了大摆宴席，还要组织外出旅游。樊姐回忆，第一次湾厦“妇女之旅”去的是肇庆七星岩，两天一夜的行程。那是很多

父母外出劳作补贴家用，家中姐姐担起照顾弟弟妹妹的责任（湾厦社区　提供）

湾厦妇女第一次走出蛇口。

在樊姐心里，人称“莫老爷”的莫锦华，是湾厦村难得的一个有文化的“能人”。1945年，莫锦华出生在湾厦一个贫苦的渔民家庭，依靠助学金在南头中学读完高中。他成绩优异，1968年高中毕业后就回到湾厦村（那时还叫湾厦大队）工作。1973年，年仅28岁的莫锦华开始担任湾厦大队党支部书记，1983年起担任湾厦村党支部书记，1992年起担任蛇口湾厦实业股份有限公司董事长。

莫锦华的脑子很活泛。在20世纪70年代，他与留守妇女们一道劳作，带领公社社员种植水稻、蔬菜，出口到香港，每斤一毛钱，大大提高了村民收入。后来，他又抓住改革开放的时机，通过各种途径，努力为湾厦引入企业办厂，先后有沈阳、长春、北京等地的国有企业联合建起了电子厂、钢结构厂、化工厂等。一开始，合作模式是湾厦出土地，对方出资金、技术，但莫锦华很快认识到继续这种模式的话，湾厦无法掌握核心技术，走不长远。于是，他带领湾厦尝试独立投资，并且规划建设成片工业园区，统一管理出租。1987年，通过村民集资，位于东角头的湾厦工业区建成。等到房地产开发形成热潮时，莫锦华又带领集体企业走出直接开发房产的新路。为了做得更专业，莫锦华唯才是举，大胆选拔年轻人，并且从蛇口工业区挖来房地产专才，组建专业队伍，不断独立开发新楼盘。这与深圳其他农村集体企业只提供土地由开发商建房的做法迥然不同，村民获益也更多。但湾厦人并不自私，湾厦为蛇口工业区的开发，各类政府机关的建设，医院、学校等各种公共服务设施的兴建，出让了不少土地。在交通、教育、医疗、治安等民生方面的投入，湾厦股份公司也出手大方，舍得花钱。譬如，资助扶持主要面向来深建设者子女的民办学校东湾小学、兴建社区福利幼儿园等等，这都与莫锦华和湾厦人的眼光、心胸分不开。2010年，莫锦华与袁庚、任正非、马蔚华、马化腾、马明哲等19人共同当选南山区“深圳改革开放30

湾厦是“老深圳”和“新深漂”的共同记忆（深圳奥雅设计股份有限公司　提供）



年南山最具影响力人物”。

1986年，樊姐在蛇口中学毕业后，开始参加工作，跟随在莫锦华身边学习，从财务出纳，到社区管理，一直没有离开湾厦。她从基层做起，双脚几乎丈量了湾厦的每一寸土地。在她的脑海中，清晰保存着湾厦村历史过往与当今眼下的容貌对照图，每走到一处，都能讲出一段故事，比如这里以前有一棵好大的凤凰树，那边的老房子住了谁，村里原来有两口井，村口一个，村尾一个……

樊姐说，外来人口刚刚涌入时，最热闹的是水湾村，那儿靠近蛇口工业区，道路、房屋建设相对比较宽敞些，房子就更好出租一些。相比之下，湾厦村的租金要便宜200～500元。潮汕人来得最早，然后是来自河南、湖南、湖北的。潮汕人大都是租个小店，自己做生意，其他地域的人，多是打工，或者做运输，开车、开船。

1994年春天，女作家陈彻提着简朴的行李从北方内陆来到深圳。那时，她刚刚大学毕业，来投奔老乡。老乡早来两个月，落脚在湾厦村，住的是公司租赁的员工宿舍，一栋四层自建小楼，二到四楼每层3个房间，每个房间可以放3张单人床，每层楼共用一个洗手间，洗手间里还有一台波轮洗衣机。一楼是客厅和厨房，有一台电视机供大家看。

当时，一间房月租金是600元，整栋楼6000元，平摊到每个住户头上是200元。现在，27年过去了，房价翻了十几倍；村口的鸡蛋肠粉从5毛一盘涨到了10块钱，涨了快20倍；与过去同样的一间房，租金却只收1500元。也就是说，如果还是住3个人，每个人只需付500元。这样算来，湾厦村村民的出租屋，租金涨了两倍不到，是留得住人的。当然，现在也出现了不少“精品”装修的单间出租屋，10多平方米，带独立洗手间，家电家具齐全，月租金提高到2500元——如果同样的面积、设施，在商品房小区，租金差不多要4000元。

陈彻记得27年前，站在湾厦村的任何地方，都可以闻到海的味道、听到海浪的哗哗声。村子后边还有一个面积不小的山坡，山坡上有一大片荔枝林。每年6月份荔枝挂果时节，林子里便从早到晚坐着些本地大婶大叔，手里干着摘扁豆的活计，眼睛却随时瞟着路过的外来户，防着偷荔枝。

一开始，陈彻感觉，租客跟村民的关系基本上都是淡淡的，毕竟语言也不怎么相通。那时候她曾经以为，村民瞧不起租客，眼光会很轻蔑，因为外来人个个身家是那么简陋，每天忙于上班赚钱，而村民身上戴着的首饰随便摘下一个便够得上租客一个月工资。还有，年底村里分红，每户村民得到的现金要装在两个竹筐里用扁担挑回家，村里女孩出嫁时胳膊上戴的足金镯子从手腕一根一根排到肩膀。陈彻觉得，自己和

改革开放的前哨与缩影，被悄然写进湾厦的年轮里（深圳奥雅设计股份有限公司　提供）



他们是两个相差悬殊的阶层，不会有什么共同语言。

她一直这么认为，直到她在深圳度过第一个中秋节。那天晚上，刚来还不到一年的几个20多岁的年轻人坐在一楼客厅聊天，聊着聊着因为思乡都默默掉起了眼泪。50多岁的房东大叔端着一盘水果乐呵呵走进来，坐在竹椅上，用极难听懂的广式普通话请陈彻他们吃水果。见他们个个脸上挂着泪痕，大叔愣了一愣，随后说了好多话，陈彻只勉强听懂其中的几句。

大叔说：“以前啊，我们这里也有活不下去的时候。吃不饱饭，就游过海去别的地方寻活路。村里的男人都跑了，只留下女人。我们到外面谋生，人生地不熟，找到什么工就干什么活儿，只要能赚到一块港

开放的空间更具有包容性，蛇口有许多方便街区居民使用的公共场所（深圳奥雅设计股份有限公司　提供）



币，累死累活也心甘。人为了生存就是要背井离乡啊，不要哭，你们有钱租屋已经很幸福了，我们以前都是睡在天桥下。你们打起精神好好做事，以后会赚好多好多钱，就知道苦没有白吃啦！”

在那一刻，陈彻才明白了他们在村民眼中是什么样子。也许有贫富之分、有本地人和外来人的差别，但在追求生存和发展的人生之路上，大家都是一样的奋斗者，在不同的时代都勇敢地走到了异乡，要为自己打拼出一片崭新的未来。

从那一天起，陈彻就把湾厦村当成了自己的另一个故乡。后来，她在深圳也有了属于自己的几套房子，成了一名作家，但心中总也不曾忘记当初接纳自己这个深漂人的落脚驿站：湾厦村。

陈彻说，深圳可谓是当代中国农村与城市混杂共生最典型的例子，深圳的城中村甚至广泛地存在于城市的核心地带，极大缓解了打工人的租房压力，成为高租金和打工人生存压力之间的缓冲地带。那些给外来打工者孵化无数个梦想的城中老村，有其曾经的价值，对于深圳这个造梦之都，也许比金屋华厦更珍贵。

# 海湾村：蛇口的海滩与蚝业

海湾村与湾厦村原是同一个村。旧时，湾厦村村民主要以农业与海上作业为主。20世纪50年代，为了解决劳动力、畜力、农具不足等困难，在自愿互利基础上建立了劳动互助组织，简称“互助组”，湾厦村分为农业队（农业互助组）和蚝业队（蚝业互助组）。1959年，以蚝业生产为主的湾厦村村民划分出海湾生产队，以农业生产为主的湾厦村村民还是归属湾厦生产队，海湾、湾厦从此成为兄弟村。

海湾村村民以养蚝为业。蚝属贝类，学名牡蛎，肉肥爽滑，味道鲜美，有“海底牛奶”之称。在深圳，声名颇盛的是沙井蚝。但是很少有人知道，很多沙井蚝其实是在蛇口海区寄养育肥的。后海湾畔海湾村村民有500年之久的养蚝传统，他们祖祖辈辈以养蚝为生。蚝业，正是海湾村的根基所在。

深圳湾畔的蛇口后海海滩拥有得天独厚的地理条件，山环水绕，咸淡水交汇，海水浅，水质好，阳光能直射海底，饵料丰富，是蚝生长的“天然牧场”，具备发展养蚝业的特殊条件。后海湾面离海湾村很近。有多近？老村民记忆中，海水距离村民住屋台阶不到十米。村民耕海养蚝十分方便。村落旁世代赖以为生的蚝田滩涂是自然形成的，从后海海域一直延伸到大铲岛海域，面积十分广阔，蚝田条件优越。

滩涂是水产养殖的重要基地和宝贵财富，本身就蕴藏着各种矿产、生物及其他海洋资源。除了螃蟹的攻击，蚝在自然界里并没有什么天

20世纪80年代的海湾新村（罗沛 摄）



敌。养蚝业最大的依赖是水，水的温度和咸度，决定一年的收成。潮起潮落，滩涂能为蚝创造合适的水环境，还会带来重要的天然馈赠——蚝苗。在后海湾滩涂蚝田种养出来的蚝叫后海蚝，色乳白，肉爽嫩，没有泥腥味。据说沙井蚝民清代时期就用船载着蚝块到后海随处放养。

养蚝周期长，并不是一件简单的事，而且非常辛苦。

传统的养蚝方式，是将竹篙插在海里，作为标志，投入石块作为蚝的附着器。蚝需要附着在固体物上才能生长，所以，附着器就相当于是蚝苗的“婴儿床”，一般是石头、贝壳、水泥条、水泥瓦等坚硬固体。蚝苗聚附在石块上，靠着吃海里的微生物生长，至少要三四年，才能长成巴掌大。收蚝时，要潜到海里，将一块块长有蚝的石头取回船，运回

养蚝过程繁杂，有多道工序，需要大量劳动力（罗沛　摄）

来，凿开硬壳，剜出蚝肉。

20世纪70年代，养蚝方法有所改进，海湾村村民开始大量采用水泥条、水泥瓦作附着器，插放在深圳湾淤泥面，随海水涨潮，生蚝卵会附着在水泥柱上，产生蚝苗，比较高产。随着蚝的生长，将蚝逐渐从浅滩区移往深海区育肥。等到收获季节，一旦退潮，蚝民就要乘着木推筏下海，用手或夹子捡回成熟的生蚝。到1982年，海湾村的养蚝业得到了突破性的进展，全面掌握了海面浮排的科学养殖法，有效增加了蚝苗的放养数量，打破了滩蚝固定区域养殖的局限性。

养蚝的过程繁杂，有多道工序，不仅需要大量劳动力，还很危险。

耀林叔是海湾村村民，曾经做过生产队干部。他回忆说，农历的每月初一、十五，一旦退潮，就要观察泥滩，踩连板去下海。1956年整个生产队16周岁以上的劳动力，男女加起来只有91个。整个生产队全年的收入不超过1万块钱。最好的一年是1962年，生产队全部分红加起来有12000块钱。按照挣工分计算，耀林叔夫妻俩一个月有五十来块钱。挣工分就是干农活给工分，是农村在包产到户之前，以集体生产队的形式每天上班，成人最高10工分，到年底按挣工分多少折合钱数。一直到1980年，海湾村才实行蚝田分田到户。

海湾村村民把在海上“揾食”（粤语，讨生活）的形式叫作“做海”“出海”“下海”，也就是专门做蚝，做运输，运输就是去中山运蚝种回深圳。一部分留在陆地上的，叫作“打工”。打工族就专门种甘蔗、花生、荔枝、南华李等，还要担石头、担蚝、打蚝。一般男人就“做海”，女人就在陆上。刘有欢原是村里妇代会主任，她的一席话能还原当时妇女的不易：“养蚝是一年两季的，忙季的时候就去做蚝，很辛苦。不开蚝的时候还要做农活，比如去摘荔枝，有时候去种花生，还有的要去种田。农闲的时候，会去晒腐乳、咸鱼，妇女有时要去蛇口山炸山采石、打石，敲成直径十几厘米至20厘米的小石块，然后把石头担回海边，作为蚝种附着器预备着，随时下海投放。或者做水泥瓦，就在现在联合饼干（中国）有限公司的所在地那儿；还要削石头，用船装大石头去深圳（指今东门一带）卖。我们抬大石头也很辛苦，抬着大石头走跳板，有些人还掉下海。”

在海湾新村，有一幅浮雕描绘了蚝民在泥滩上辛勤劳作的场景。泥滩上停着两架小巧的蚝车。所谓的蚝车，就是一块前面上翘、装有垂直握把的木头滑板，能解决人们在泥滩上走路、搬物陷入烂泥中的难题。“扎”在泥滩上的蚝民看不到膝盖，头戴宽檐帽，把裤脚卷到大腿中上部，埋头劳作。

这幅雕像勾起了海湾村蚝民瑞芬姐的记忆。她说：“泥到膝盖都算是很浅的，有时踩到底是很深的，当时我们是到了腰部。泥里面有很多蚝壳、贝壳，如果大力把脚拔出来会割破皮肤，流很多血。那蚝壳多锋利，比刀还锋利。要慢慢抽出来，走前一点，感觉这块割到脚了，再推前一点，又割到脚，又推前一点……就这样慢慢把脚拔出来。”有一次，瑞芬姐脚痛去看医生，医生很惊讶问她怎么这么多伤疤。其实都是做蚝时割的。瑞芬姐的手也瘢痕累累，做蚝时戴的手套也全部割烂了。



20世纪90年代，因城市规划需要，不断填海，滩涂消逝了。深圳湾养蚝环境也发生改变，没有适合育苗的浅滩区了，工业和城市发展使得浅海水质污染加重，岸边的海产品时常被检测出大肠杆菌超标，且伴有重金属污染。

梁仲楷还记得自己在1978年调到南头公社任党委宣传委员、公社副主任时，站在公社的办公室，也就是现在的南头古城博物馆的二楼，望向通往蛇口的唯一一条土公路，那时两边都是水田，农民在耕作，海边都是滩涂，渔民打鱼养蚝。

2003年，他担任南山区农业水务局局长，上任后第一项工作，就

蚝民驾着蚝车在滩涂上自由移动（罗沛　摄）



是要完成清理蚝排的任务。他尽力为蚝民争取到了基本满意的补贴。政府还制定了异地农业发展战略，以政府补贴的形式，扶持农业企业走出去，鼓励农民在外地种植、养蚝。2004年3月底，后海湾的传统蚝业全面结束，画上了句号。坚守的养蚝户都迁到了台山、珠海、阳江、香港流浮山等异地发展。

海湾村蚝民黄建林把蚝业迁到了两百公里外的台山市。黄家世世代代以养蚝为业，他从小就边读书边帮父母“做海”，养蚝、打鱼，帮助家庭增加经济收入，知晓做蚝实在太累了。高中毕业后，学习电子学专业的他选择外出打工，一做就是十五年。后来，父母年纪渐大，希望他能回家帮助接管海面上的生意，黄建林深思熟虑后，重新回到了海上。家中蚝业有的搬到珠海、台山，还有的在深圳湾水域香港一侧。几处对

孩子跟随大人在泥滩劳作（罗沛　摄）

20世纪90年代，吊养蚝排（罗沛　摄）



比，还是深圳湾水域养的蚝最好，于是黄建林以投资的形式和香港老板合作，将百分之七十的蚝业投资放在了这里。

现在养蚝形式都是浮架，便利多了，劳动力需求减少了，效益也比以前高，但养蚝业的未来出路依旧不明朗。因台山市城市规划也在调整，黄氏一家在台山的蚝场再一次面临搬迁的难题和困境。整个海湾村从家家户户都养蚝，到如今只剩十来户人家在坚守，离村子最近的蚝场远在1000米开外的深圳湾东面海域，曾经赖以养家糊口的祖传产业已经离村民今天的生产方式、生活方式越来越远了。好在蚝业养育的海湾村，一直特别注重保育他们独有的蚝文化。

海湾村举办的社区蚝文化节就是展示本村蚝文化、蚝手艺的绝佳机会。当天早上五点，村民们就开始准备蚝文化节的美食。蚝自然是主角，黄建林专门请三十多个人运来最新鲜的蚝，有的用于火烤炭烧，有的用于表演现场开蚝……通过现场制作“蚝宴”，用唱蚝、说蚝、品蚝等多种形式，让原住蚝民重温昔日养蚝岁月，也让社区新居民认识到海湾村历久弥新的蚝文化。老一辈人抚今追昔，年轻一代感同身受。

瑞芬姐还在蚝文化节上吃到了熟悉的味道：禾虫。这是海湾村的传统地道美食，要先将糯米磨出来的米粉揉成粉团，捻一块在用来装蔬菜的古老箩箕上一搓，箩箕的纹路就像小虫，搓出来的粉也就成了一条小虫的样子。每一条都是这样搓出来的，很花时间，手艺也不简单。接着再与蚝、青菜同煮，味道非常鲜美，很受欢迎。

改革开放后，蛇口一天一个样，海湾村没有墨守成规，产业向着多元化发展。1980年，村里兴办了第一家由香港老板投资的海景制衣厂，

位于路口的三棵百年老榕树，见证了蛇口的蝶变

从此迈出工商业发展的第一步。随后联合饼干厂、前进纸业等众多合资企业如雨后春笋般蓬勃发展，海湾村迎难而上的奋斗精神成就了一段光辉历程。为了彰显老一辈海湾人的刻苦勤劳、聪明智慧，感谢当年公社社员为海湾作出的贡献，从1993年开始，每年的农历正月初七，海湾村都举办“社员节”，许多移居国外的乡亲都回来团聚，互道问候，回忆当年。

海湾村有四棵百年老榕树，一棵在海湾新村里，另外三棵在爱榕路口。据说在20世纪90年代道路建设规划时，为了避免伤害它们，特地修改了蓝图，在繁忙的路口为老榕树保留了一席之地，成为蛇口地面的一道亮丽风景。古树枝叶茂盛，没有粗犷枝蔓的狂野感，呈现出来的更多的是一种可靠、一份从容。在它们浓密的树荫下，海湾村按照自己的节奏，有条不紊地发展着。

# 南水村：蛇口的老客家与新客家

在蛇口，有一群外迁来的客家人，百余年来，为南头半岛增添了一份独特的客家风情。

清末，居住在广东紫金、五华、惠阳、宝安、石岩、布吉等地的客家人为了谋生，流徙南下。其中，邬姓和张姓就是蛇口南水村的开村者。他们依靠割草、砍柴，开荒、打零工、做长工或租种地主家的田地维持生计，一代一代，繁衍至今。

客家人的历史，就是一部迁徙史，从“衣冠南渡”到漂洋“过番”。“过番”，就是出国谋生。从明清时期开始，岭南地区的客家人为生活所迫，不得不出洋从商务工，辛勤劳作，赌上青春和性命，为背后一个个困顿的家族谋一条新的生路。

南水村邬氏家族的故事，就要从一场颠沛流离的“过番”说起。

邬金英大姐是南水村客家原住民，“过番”的主角是她的奶奶。那时，邬大姐爷爷抽大烟，已经家徒四壁，又无子嗣。为延续“香火”，奶奶只好和公公的妹妹毅然决然远渡重洋，去马来西亚谋生。奶奶荣归故里时，从马来西亚“买回来”邬大姐亲爸。带着买回来的儿子，一家人从更为贫瘠的布吉迁到了蛇口，这才有了南水村邬氏。

初来乍到，环境艰苦，只能搭建简陋茅草屋栖身。南水村旧时地名就叫作“田寮仔”。寮，就是小屋，“田寮”就是在田野搭茅棚居住，后来就演化成地名。那时的穷苦可想而知。1949年新中国成立时，全村

南水村村史博物馆位于南水村集体综合楼内，它的建立，是一个村庄的“文化自觉”

也只有两间瓦房，其余全是草棚，用稻草盖的，一下雨就漏水。1964年，由政府出资，南水村才逐步拆除茅棚、木屋，兴建夯土墙、瓦面屋顶结构的泥瓦住房，村民的居住环境得到改善。但生计以种植粮食、果树为主，兼以出海捕鱼和养蚝的经济收入，日子还是捉襟见肘。邬大姐的弟弟和妹妹分别于1976年、1979年从蛇口海滨乘着小木划、橡皮圈，划过深圳湾，划到了对面的香港打工。妹妹邬金兰后来在香港一家养老院做护理员，为了养家糊口，打了近40年零工。“遗老遗幼”的南水村，就是这样迎来了改革开放。

张富安自1978年开始担任南水村村支书及村主任，上任时，南水村集体的公共财产只有一台旧拖拉机、一个旧仓库、一间漏雨的旧瓦房会议室，以及3000元账面资金。招商局开发蛇口时，划入蛇口工业区征用红线的土地无法继续耕种。两年后，经多方奔走，才终于引进了一家港资办的来料加工手套厂，这不仅使村里有了租金收入，也解决了不少村民的就业问题。后来，陆续开办了五金厂、制衣厂、电子厂等等，还建设了南水步行街，风光一时，“购物要么到沙头角，要么来南水步行街”成为当时流行的购物指南，深圳各地的人蜂拥而至。

村民分红逐年提高，居住条件越来越好，家家户户拆除平房，建起了七层高的楼房。

建房前，张富安组织召开群众大会，说村庄不能乱建，既然要建就要把村庄建设好，统一一个规格，统一一个层次，上面可以住人，下面可以办商场、搞企业，还要留出消防通道。一开始，村民们不能理解：为什么要干扰我建自己的房子？思想工作做通后，村里人都同意了。张富安又周全地安排了一位工程师监岗，一是杜绝违章乱建，第二也是出于安全考虑，避免做出“豆腐渣工程”。如今细看南水村，就会发现它的与众不同，村里的房子建得格外整齐与规范，看起来不像一般的城中村。

南水村村民闲坐无事，经常不知不觉就会哼起山歌来（罗沛　摄）



南水村的村民房，成为不少初来蛇口的人临时过渡的落脚地，老客家村里迎来了一大批新客家人。

李新初是邬大姐家第一个房客。按照深圳作家罗亚平的说法，他是蛇口工业区第一个不交租的“房客一号”。李新初来自广东五华，生于1951年，父亲早逝。李新初还不到18岁时就挑起了整个家庭的重担，当时上有老母，下有弟妹。1979年，他从广州黄埔航机厂来参与蛇口工业区码头的建设时，就租住在邬大姐家。他是亲自见证过深圳改革开放“第一炮”的新蛇口人。

南水客家山歌记载着客家人的历史，继承了宝贵的传统文化。图为村民观看南水客家山歌表演（南水村村史博物馆　提供）





因为早期工业区人手有限，李新初干了很长一段时间码头装卸工，可以说是工业区建设早期一颗毫不起眼的“螺丝钉”。当时，李新初过着令人难以想象的艰苦生活：床都没有一张，就铺一块工地上捡回来的泡沫板，与妻子席地而睡。房租自然是付不起的，好心的邬大姐同情这位客家大哥，没有收他的房租，还找了一张尼龙床给这对苦命的夫妻。作为房东，邬大姐特别同情那些奔走外乡的“外来仔”，因为她的祖辈们也是这样过来的。李新初在邬大姐家住了7年多，他35岁时，孩子就在邬大姐的出租房里呱呱坠地。这个早期的赤贫者，“纯住客”，在南水村起步，从蛇口工业区辞职后下海创业，业务迅猛发展，后来在深圳自置房产就达上千平方米。但每每提及邬大姐的免租往事，依然感恩不已。

1980年，邬大姐入职了蛇口港务公司，与李新初成为同事，邬大姐的丈夫张大哥也从蛇口办事处招进了蛇口工业区。夫妻俩这对蛇口原住民干脆把自家私房——两层半的楼，全部免费提供给蛇口港务公司职工居住。房东、房客都成了蛇口工业区初期的建设者。

李新初住在邬大姐家时，时任招商局集团常务副董事长的袁庚也租住过南水村城中村的房子。当然，那时南水村还不能算城中村，因为，当时没有城，只有村！

邬大姐的奶奶靠"过番"，才有了南水村她这支邬姓的后人，"奋斗"的基因、文化的基因，在邬金英血液中延续。邬张一家创造了南水村里很多的第一：本村第一个"房东"，1985年，他们在全村率先出租私房给一家化工机械厂，给全村做了一个示范；本村第一个购买私家车的家庭，第一台车就是海南马自达；邬是本村建村大姓，邬大姐还是南水客家山歌传承人。



南水客家山歌是深圳本土传统民歌，与南水姊妹节一起列入南山区第二批区级非物质文化遗产名录。南水人在传承客家文化、不断焕发出新的生命力的表现上，毫不含糊。2013年，南水村建了面积367平方米的村史博物馆，免费对外开放。

客家山歌多是口头即兴创作，源自生活，缘事而发，直抒胸臆，有爱情的，有叙事的，内容很广泛，语言朴实生动，是南水村早期拓荒人在人生地不熟时，抚慰思乡之情的好方式。在邬大姐的记忆里，小时候只要是春节、元宵节、中秋节、重阳节等民间节庆日子，南水村都有自发举行的集体山歌演唱，由一些山歌爱好者自行邀合在一起，唱的多是传统山歌，没有音乐伴奏，称为原版清唱。

南水姊妹节，载歌载舞叙说“姊妹情”（罗沛　摄）



改革开放后，客家山歌有了更为广泛的群众基础，推动了客家山歌的发展。南水客家山歌在演唱、传播、欣赏和创作等方面都有所提升，形式也越来越多样了。2003年12月，南水客家山歌合唱队成立。这是蛇口第一个山歌演唱团体。

邬大姐与几个姐妹在家里闲坐，经常不知不觉就会唱起山歌来。她去过很多地方演出。有些观众虽然不会客家话，但只要她唱得有感情，观众是听得懂的，会觉得很“有味”。语言也许有别，但感情的传递和交流，没有界限与束缚。

南水姊妹节则是为了纪念外嫁女对南水村经济发展所作出的贡献而设立的，成为南水客家村的一个创举。姊妹节早在1983年已有雏形，是四个村民姐妹自行讨论发起的，希望把嫁来南水村的外地媳妇或者从南水村嫁出去的姐妹约在一起，通过座谈、聚餐，帮助解决一些实际困难，加强姐妹们彼此之间的沟通与联系。

1997年香港回归之际，南水村正式举办了首届姊妹节，目前为止已连续举办了21届。南水村客家姊妹节正好跟西方圣诞节“撞日”，都在每年的12月25日。村委会考虑到村里很多姐妹都已远嫁港澳台甚至国外，只能等到圣诞节才有较长的假期可以回来相聚。为了兼顾海内海外两方水土习惯和两种风俗人情，2015年起，每年一届的姊妹节改为两年一届，隔年举行。

受邀回来参加南水姊妹节的，还有一群特殊的“村民”，他们是一批下乡知青，南水村是他们的第二故乡。

1968年，数百万城镇中学生响应“知识青年到农村去”的号召，告别父母、亲人和家乡，奔赴农村和边疆。当时还是偏远农村的南水村也迎来了22名青年学生，他们来自广州市第十四中学，曾在南水村度过了一段完全不同的时光。

时年16岁的庄育清跟随队伍，早上从广州坐火车出发，中午就到了现在深圳地王大厦位置的蔡屋围。忙完欢迎大会、做完插队分派工作，庄育清一行人坐在前来接送他们的南水村青年们的单车后椅上，摇摇晃晃地来到这个海边的小渔村时，已是晚上十一二点了。

令庄育清感动的是，抵达南水村后，村里人也准备了一个简单的欢迎仪式，用唱客家山歌、打竹板等节目欢迎他们。庄育清听不太懂客家话，但心里很温暖，一天的倦意与困意都消散了。

插队生活很陌生，懵懂的庄育清第一次打赤脚干活，走田坡时跳着走，生怕戳脚。早上五点，闹钟一响，大家就起床，跟着农民一起下田，按照生产队每天的计划和安排，完成任务。他们与公社社员一样，每月满勤的话，月收入有10～15元。比起北大荒和西北的插队知青，南水村地处沿海，环境不算艰苦，物产还算丰富，庄育清感觉比较幸福。

一开始，知青是安排到各家各户和农民同住的。南水村村民的淳朴

来自广州市第十四中学的知青，曾在南水村度过了一段完全不同的时光（南水村村史博物馆　提供）

善良、无微不至的照顾，给知青们单调的劳作生活添了许多乐趣。主人家做什么，他们就跟着一起做，宛若一家人。后来，村里腾出会议室、仓库或者闲置的房子，作为集体宿舍，知青们就住在一块儿了，但他们还是经常与村民往来，大家玩闹在一起，共游戏，同欢乐。

南水村村民待他们如亲人，他们视南水为新家。如今，当年的知青们都已是年近七旬的老人，散落在各个地方。他们坚持回来参加南水姊妹节，听着那些非常熟悉的客家山歌，重温那段非常难忘的青春回忆，南水村的面貌虽然日新月异，但是珍藏在内心的那份情感，始终没变。

# 渔一村：蛇口的“水上人家”和远洋渔业

在蛇口渔街上，很远就可望见一幅高达五层楼的巨型墙雕：船上几位渔民正齐心合力捞起沉甸甸的渔网，很大一袋，鳞光闪闪，满装渔获。墙雕中的渔民纵然心中有掩不住的欢喜，此刻却也不敢松懈，铆劲的面容，张合着的嘴，仿佛在大声喊着鼓劲的号子。一条肥美的鱼儿堪比渔民手臂般粗大，活蹦乱跳地妄想从网中逃脱，不料随时会被眼疾手快的渔民逮个正着。

这场浩渺海波上的丰收景象，描绘的正是20世纪70年代蛇口渔一村的打鱼风采。墙雕取材自霍维新的一张老照片，拍摄于1978年7月。这位爱好摄影的老蛇口人回忆，当时渔一村一网捞起的鱼，足有一吨重。彼时，“一支船队养活一村人”，看来可不是吹嘘的。

渔一村居民的先人们可能难以想象到，有一天他们的后人会以这种方式将当年的日常场景入画，进入艺术境界。旧时，广东沿海的流动渔民，历经了太多的风雨沧桑。为了打鱼谋生，不得不驶向波涛汹涌的大海，直面喜怒无常的自然。他们岸上无立锥之地，漂流在海上，窝栖在船里，听惯了“水流柴”“疍家仔”的辱骂声，不敢随意上岸，以免遭遇驱赶和毒打，遇上海盗、渔霸的劫掠，更是无处可逃。

新中国成立后，以往常年居住在船上的“疍民”改称为“水上居民”“水上人家”或“渔民”。渔民在法律上享有与陆上居民平等的权利和地位，并得到一定的政策保护与照顾。1953年1月，宝安县就以西

海、东海、南头、盐田为试点，开展了渔民民主改革运动，宝安沿海流动渔民的政治地位大大提高。

而渔一村的先民，其实要幸运得多；渔一村的历史，也要追溯得更为久远。





明末清初时期，陆续地有渔民从固戍、南海、番禺、中山、东莞等广东各地沿海过来，在珠江出海口、伶仃洋海域捕捞作业，主要以打鱼为生，逐水而居。而蛇口的地理条件天然优越：南头半岛东南端的蛇口山凸入海中，西北侧海域弯进蛇口山后面，构成了绝佳的避风塘，水深，可避台风。渐渐地，流动渔民会在作业完毕后，靠岸栖息、避风，最后慢慢开始在岛上定居。

渔一村很早就以高超的打鱼技术和渔业纪录，享誉全国。

20世纪50年代，渔一村的船队是全国响当当的渔业生产红旗单位，曾创造过“万担船”的高产纪录。万担船，意思就是一条船一年打鱼可

蛇口避风塘旧貌（黄志文　摄）

多达1万担。1担等于100斤，1万担就是100万斤——这个成绩，当时很少船做得到。

1974年就下海打鱼的陈叔是渔一村资深渔民，他的父亲当年就在这个明星船队。船队经常要去广西北部湾附近打鱼，凭着精湛技术，收获很好。而广西当地人打鱼则要到远海去，到西沙群岛等地。后来，当地人一听到是宝安来的渔民，脸上都挂满了羡慕，也不吝表扬赞美，当然，他们更关心的，是“学习标兵”的工具和手法。

那时候，船队外出广西捕捞，一年才回来一次，陈叔与父母也一年才见一次。背靠当时的集体经济，青壮年出海打鱼，老人、孩子则在村里过着集体生活。

渔一村的地在避风塘北侧，是由蛇口公社行政划拨的，原属于湾厦，共13300平方米，供渔民安住。20世纪70年代起，大队就自筹资金分批兴建渔民新村，历时7年，终于建成，入住居民138户，共692人。

渔一村村民的食住、水电、婚丧、医疗、读书等所有费用皆由大队

1979年，蛇口渔一村村民出海打鱼的场景

负担，吃饭在公共食堂，不用自己花一分钱，俗称“八包”福利，后来甚至发展到“十包”，渔民们在搬进水电齐全、有配套篮球场和小花园的时髦的新村后，每家每户还统一各发一部黑白电视机、四个喇叭的收录机。这让邻村村民羡慕不已，那时他们大都还是住在低矮、潮湿的窝棚房里。

陈叔是渔一村渔民里少有的高中生，毕业后接受职业安排：出海打鱼。当时没有选择，况且，当时这是一份很有地位与自豪感的工作。陈叔自述，自己这一代人，或者爸妈那一代人，从未听说过渔民的妇女嫁给农民的，大都是农民嫁给渔民，以过上更好的生活。

20世纪70年代时，渔一村已经是蛇口地区生活水平最高的村子，捕捞技术更上一层楼。通过前往中山大学学习，他们掌握了快速网、灯光围网、海底拖网等捕捞技能，一度创造出上百条“万担船”的辉煌业绩，网产500担、日产千担渔获的船只比比皆是。渔一村成为当时与大连獐子岛齐名的渔业战线一面旗帜。在“农业学大寨，工业学大庆”的年代，“渔业学渔一”在民间口口相传。

恶劣的台风天是渔业的劲敌。渔一大队不断攻克难题，终于在1978年取得技术突破：有4艘渔船可在6级台风下实施深海捕捞。这一年，在全国科学大会上，渔一村受到嘉奖，获得国务院颁发的“快速拖疏网科技奖”。

优渥的生活滋养着这方水土，也创造出一个奇迹。渔一村渔民都拥有“出海作业证”，有着最便利的赴港条件，当别的地方偷渡成风时，渔一村村民却舍不得离开家乡。让他们眷恋此地的是很简单直白的一组数字：1979年，渔一大队总收入近120万元，渔民人均分配收入570元。与其跑到香港很辛苦地找饭吃，为什么不安安心心地待在蛇口打鱼？

1983年，政社分设，按照要求实行联产承包责任制，原来的渔一大队更名为渔一村。早在1979年，由渔业一大队党支部书记周德仔带领的支部班子，就在渔民中推行承包责任制，以户为单位，承包经营，自负盈亏，定额上交。这些措施使渔民得到了实惠，渔一村人喝到了改革开放的“头啖汤”。20世纪80年代，近海的渔业资源依旧非常丰富，渔民只要勤奋一些，一艘两万来块钱买来的船，一年可以挣十几万元。此外，渔民们可以把海产品运往香港，换回紧俏的日用品，生活过得有滋有味。人们的生活蒸蒸日上，渔一村迎来了第二次改造，开始兴建渔民住宅区，楼房9栋，最高8层，住宅252套，将原来的旧村大刀阔斧地改造成公寓，是深圳经济特区住宅公寓化的先行村之一。

靠海吃饭，靠天生活，在海上谋生，非常需要好运气。陈叔就遇到过龙卷风，波涛翻滚，原本一小时的路程，花费了五小时。中途，船员害怕得都穿好了救生衣，以备如果真的翻船了可以跳海逃生。为

20世纪90年代的渔人码头（黄志文　摄）

工欲善其事，必先利其器。渔民对渔具整理从不敢掉以轻心（何文隆　摄）

保出海平安，渔一村有一套独特的出海习俗。比如，出海前必须祭拜海神。载20人以上的大渔船，出海祭祀仪式不能随便，需要根据水文、天气，选择吉日吉时。在物品上，还要准备烧猪、水果和九层糕等糕点列置船头，焚香礼拜，燃放烟花爆竹，祭祀海神，名为“金猪起航”，祈求出入平安，能冲破惊涛骇浪，带来鱼虾满仓。小船出海时的仪式虽然没有那么隆重，但也要在船上放一串烟花爆竹，意在驱赶风雨瘟神，一路顺风顺水。

令渔一村村民颇为自豪的是，他们从未在海上发生过重大事故。大家应对极端天气积攒了一套自己的经验。比如有时雾很大，从船尾都看不到船头，那他们就慢慢开船，安排一个人坐在船头，听听前面是否有机器响声，如果有，说明前面是有船的。或者自己拿铁锤敲铁，告知周边这儿有船。打鱼不只是需要单纯的捕捞技巧，是否懂得海期，如何躲避台风、面对海浪，怎么洗船……都是一系列复杂难题，渔业的门槛是不低的。

渔一村村民非常感念一位风风火火的当家人——周德仔。

周德仔1935年生于西乡，得名源自养父所说的海边“得仔”的谐音。养父是在海边沙滩上的一只木盆里捡到他的。那时，他两岁，亲生父亲早逝，母亲被迫改嫁，按当时习俗，不能带儿入门，只好狠心遗弃。

周德仔打小就在渔船上长大，捕鱼技术娴熟，没有上过一天学堂，全靠自学，粗识文字，养成喜欢阅读报纸的习惯。据多位老渔民回忆，他的性格豪放，不拘小节，非常热心肠，又满腔正义。1959年至1993年，34年里，他担任蛇口渔业一大队党支部书记、大队长，鞠躬尽瘁，带领群众集体致富，深得群众的拥护爱戴。

周德仔做事果断，并有前瞻的眼光。20世纪80年代，他率先提出了“渔业为主，渔工商贸并行”的发展策略。他带领村民买地、建厂房，兴办织网厂、机械修配厂，与香港商人合办水产出口，还开辟牧场，将养羊事业做得风生水起。当时，全村每年渔业、厂房出租费和水果业等收入合计达到三四百万元。与改革开放前相比，集体资产由400万元增长到上千万元，是当时深圳屈指可数的富裕村。

欠发展的内伶仃岛，曾经归口渔一村这个渔业“红旗村”来帮扶，希望借助类似同富裕工程的方式，先进带后进，一起向前进。内伶仃岛

渔人码头

渔人码头，摄于2016年（罗沛　摄）

村民因此大多迁居在了渔一村。内伶仃岛有优美独特的自然风光，渔一村就通过村民集资、银行贷款等方式，总投资2300万元，在内伶仃岛东湾行政村的地面修建宾馆设施，希望能打造出一个现代海岛旅游度假村。这项自然风光、休闲旅游与特定文化相结合的发展项目，在今天看来，也颇具吸引力。

打击是突如其来的。1992年，内伶仃岛的岛屿权属有了纷争。广东省民政厅下发《关于深圳市与珠海市之间海涂行政界线划定问题和裁决书》，将内伶仃岛划归珠海管辖，并禁止岛上一切生产开发活动。这意味着，内伶仃度假村项目将要付诸东流。在此后很长一段时间里，渔一村经济遭受严重损失。内伶仃岛被封闭，工程欠款要支付，银行贷款要偿还，存款很快见底。背负了巨大压力的周德仔夜不能寐，不停奔走在各方、各部门间，不放过任何一个挽回损失的机会，甚至为此付出了生命的代价。

1993年4月16日，在调查组召开的相关会议上，58岁的周德仔再次据理力争，发言感人肺腑："我们世世代代都是宝安人，忽然一下子变成珠海人，这个道理从哪里说起？"这位老支书难以平复内心的愤懑，在会议中途休息时间给家里打了最后一通电话，心脏病突发瘫倒在地，带着深深的遗憾永久地合上了双眼。而这一天，正是他长孙的周岁生日。

直到2009年9月25日，内伶仃岛权属争议终于尘埃落定。广东省人民政府作出批复，经第十一届三十五次省政府常务会议研究决定，同意依照国务院法制办的有关意见，明确内伶仃岛归属深圳市管辖。

如今，内伶仃岛被列为国家级自然保护区，渔一村的开发项目也被搁浅至今。最困难的时候，许多村民需要依靠早年去香港的亲戚接济来维持基本生活。后来任渔一实业股份有限公司董事长的张志明，小时候就整日盼着香港舅舅能带一些旧衣服、小零食回来，改善生活条件。

出路要靠自己博取，渔一村村民凭着骨子里的不畏风浪的海洋精

渔人码头将蝶变为滨海标杆性综合体，图为正在拆除的渔人码头（黄志文　摄）



神，不断新辟发展航线。1992年，深圳经济特区农村城市化改革后，渔一村成立了实业股份公司、远洋捕捞公司。在各方支持下，渔一村建造了两艘钢壳远洋捕捞渔轮——这是当时深圳动力最大、设备最为先进的远洋捕捞渔轮。是年，这两艘远洋捕捞渔轮远赴马来西亚作业，捕捞产量1454吨，产值1230万元。渔一公司还主动寻求多方合作，如1997年就携手广东省阳江市、广东省远洋渔业总公司，引进4艘延绳钓流刺网远洋渔轮，投产后，渔获量大增。

进入21世纪，渔一村又重新面临再出发的重大抉择。

随着城市化建设步伐加快，经济发展、人口膨胀，近海渔业资源因填海、建房、海洋污染等原因极度萎缩，渔船维修、劳动力、出海打鱼

6艘远洋渔船整装待发，摄于2018年



的燃油等成本急剧攀升，再加上休渔、减船等政策的影响，渔业发展遇到了瓶颈。2001年走马上任的渔一实业股份有限公司董事长张志明，出生、成长于渔一村最辉煌、最富裕的年代，也历经了渔一村发展的低谷时期。他一方面想办法清理清偿公司6234万元的历史遗留债务，一方面引导渔民转产转业，发展异地养殖、种植，兴建工业园、物业项目，推动旧改计划。特别是从2016年开始，依托国家级顶层合作倡议“一带一路”，在政府的支持下，渔一村制订了新的远洋渔业发展规划，调整产业结构，筹巨资建造现代化远洋渔船。

2018年6月1日，渔一公司6艘远洋渔船，在渔人码头百米之遥处浩浩荡荡驶出，远赴东非莫桑比克。到当年10月底，就捕捞了各类水产品786吨，涵盖马鲛、石斑、鲷鱼等多个种类。这些优质水产品以冷链技术，分批运达蛇口，出现在深圳市民的餐桌上，让人们享受到了来自非洲的美味海鲜。渔一公司通过制造渔船、国外捕鱼、国内销售，实现经营方式转型，实现了从传统捕捞到现代捕捞的跨越。按照目标计划，渔一远洋船队拟发展至40艘左右，总吨位跻身全国“过洋性远洋渔业”前三名。

打鱼生活需要超强的体力和耐力。打篮球何时成了渔一村村民不可或缺的特色文化活动，几乎没有村民说得清楚。可能就是渔民们在出海作业完成渔船回港后，或在休渔期间，利用空余时间打打篮球，活动身体，涵养精力，慢慢形成氛围，形成特色了吧。村民吴哥从小看着父母打球，因此也萌生了喜爱，几近痴狂。他自嘲：小时候书可以不读，但篮球一定要打。他与篮球如同孪生体，整天都抱着，课间争分夺秒地打，放学后继续打到天黑。今天，渔一村的篮球队是蛇口街道响当当的文化品牌，三代球员，从各类别各层级比赛中赢得了满满一墙柜的奖杯。蛇口街道每年一度的“休渔杯”篮球比赛已举办了二十余年，2004年至2019年，渔一村篮球队一直蝉联冠军。

动极思静。除了打篮球，听粤曲、看粤剧也是渔一村村民的心头好。渔一社区粤曲社非常有特色，它成立于2009年，由30多名平均年龄60岁的爱好者组成，唱腔柔美、人靓声甜的莫少娟正在其中。莫少娟曾多次应邀到香港、澳门、珠三角等地与粤曲粤剧名人名家合作表演。莫少娟很感激社区提供的宽敞的排练场所，那是粤曲社台下十年功“磨枪”的练习场地，也是面向大众绽放艺术的表演舞台。

陈叔的舞台依旧是大海。他是渔一村最后一代渔民，当年一起打鱼的伙伴，几乎全都退休了。陈叔在家人的建议下，也曾休息了两年。但他还是喜欢一望无际的大海，喜欢乘风破浪的自由，喜欢海风呼呼地拂

渔一社区四海粤韵曲艺社演出活动现场（渔一社区　提供）



过耳廓，枕着哒哒的发动机声过日子。这位年近六旬的船长，重回颠簸的海面，没有胆怯，没有示弱。渔船蓄势待发，后边是往昔奋斗造就的繁华，前方是日后征途的星辰大海。

# 渔二村：蛇口老街的潮汕味道

渔二村村民的祖先来自海丰。

海丰位于广东省东南部，地名取“临海物丰”之意，虽然南接南海，但东、西、北三面地势较高，是古道盘山、雄关锁岭之地。为了生息繁衍，人们种植渔猎，在农闲时期也不遑休息，要摇着莲船，驾着小艇，沿着粤东海岸，顺水漂流，捕鱼作业。他们以艇为家，足迹越漂越远。

大约清朝年间，海丰渔民漂泊到前海、后海、流浮山等海面上作业，发现深圳湾这里是咸淡水交界地，有着丰富的浅海鱼类。他们开始三五成群在蛇口放网、放笼捕捞，将渔船停泊在蛇口山西侧的海涌、避风塘、浅滩等地方。等到农忙季节，又划着莲艇，走水路，回祖籍海丰，和家乡父老、妻儿一起忙农活。来来往往，不知疲倦。

1943年，粤东地区因为战乱、水灾、虫灾、春旱等天灾人祸，爆发了历史上罕见的特大饥荒，一时饿殍遍野，惨绝人寰。蛇口，成为“走饥荒”的海丰人向往的目的地。他们拖家带口漂流至此，聚集的莲艇、箔船有200多条，逾600人。部分渔民开始上岸，在蛇口山海涌西侧的沙面小路的荆棘荒地上，搭起茅棚，盖起松皮屋。最早搭建茅屋居住的是林姓人家，后来，黄、陈、田、吴等几户人家也大着胆子相继住了下来，东一间，西一间，慢慢形成村落。

松皮屋是旧时渔民在河涌边，用从松树干上剥下的厚皮加上毛竹、杉木和竹竿等搭建而成的简陋棚屋。村民永胜叔已经七十余岁，他还记

渔二村，潮汕民俗风情浓郁

得小时候与父辈一起搭松皮屋的事。房屋的主要支撑骨架是毛竹和杉木，扎在一起，做成人字形的房顶和方方正正的四壁，再把松树皮扎挂在竹架上，房顶还要铺一层甘蔗叶，最后用稻草和上稀泥涂在松树皮外面，充当外墙。这样，一座简陋的松皮屋的外观就大致完成了，屋子里再搭好木架，放上木板，就是一家人睡觉的床了。

海边风大，台风多，屋顶经常被刮跑。一旦下雨，屋子里经常找不到一处干的地方。后来为了防水，有条件的会铺多一层蜡帆布。

1961年，政府号召沿海渔民到陆上定居，开始在今天蛇口老街位置的南北两侧建设渔民新村。草屋终于被淘汰了，变成了砖房，但都是传统的土坯砖，还用不起烧制的红砖。这种砖房外面看上去只有一层，其实里面是一层半，这半层都是自家搭个楼梯隔出来的。1962年，老街南侧就建起了60间土墙瓦房，等到1974年，又在老街北侧兴建了两排28间住房。

永胜叔怀念那时的温情。10户一排10家人，大家房子挨得特别近，邻里关系也特别亲近，哪家人有困难事儿了，一招呼大家都马上过去帮忙。如果做了菜茶，必定是要端给邻里的，如果门口有人路过，也会叫进屋子一起喝。

菜茶不是茶，而是渔二村从海丰延续过来的一种潮汕传统食物，就是将菠菜、芹菜、豌豆等蔬菜炒熟，吃时加上爆米花、炒花生米，冲入滚烫的茶水，拌匀即食。

后来，房子越建越好了。1989年，渔二村建成了改革开放以来第一座多层楼房的村民住宅，位于老街北侧小区西边与食品站相连的地段上。永胜叔记得楼高有7层，当时分到了一套三房一厅，非常开心，看房子的时候转了好几圈都舍不得出来。翌年，村委又在多层楼房后面建起了24座8层高的住宅楼宇。如今，这两处统建楼都已签约旧改，全部推平了。

蛇口老街旧貌（黄志文　摄）

20世纪80年代，渔二村附近有不少流动的海鲜摊贩（罗沛　摄）

俗话说，有潮水的地方就有潮汕人，有潮汕人的地方就有商铺、市场和商业街。渔二村老式的统建楼虽然推平了，讲“福佬话”的海丰移民却成就了一条潮汕味道的蛇口老街。

蛇口老街算是蛇口最早的街道。20世纪60年代，政府动员渔民上岸，规划建设渔民新村的时候，蛇口老街就已经初具规模。当时只有200米，都是沙土路，现在是全长1000米的沥青路面。但是在建设渔民新村之前，海丰渔民就在老街地段的松皮屋里聚居，潮汕式的生意，或许早在那时就已经开始交易并形成风气了。海丰移民正式定居，渔民新村正式建成，沙土路成为潮汕街，也就自然而然了。湾厦村村民、南水村村民、渔一村村民都比渔二村村民来得早，蛇口最早的街道却诞生在渔二村，这与潮汕地区的海丰人的经商传统似乎不无关系。

蛇口老街的商业氛围却不仅仅局限在蛇口老街这一条街上，而是透过老街主街，四面八方向周边扩散。

譬如大名鼎鼎的深圳海鲜一条街——蛇口市场，就不是在蛇口老街上东西铺排，而是打横向北，沿着渔村路伸展。很多“老深圳”逛蛇口，不是去海上世界，不是去太子路酒吧，也不逛百货公司和书店，而是一头扎进蛇口老街逛菜市场，看生鸡活鸭，看新鲜水灵的瓜果蔬菜，看红彤彤的辣椒和香喷喷的卤菜，看热热闹闹、摩肩接踵、人头攒动。这里是全国排得上号的海鲜水产市场，海鲜、冰鲜、河鲜、贝类、蔬菜、肉类等应有尽有。这里有本港外港无数新鲜的海产渔获，汇集了天南地北的各路食材，远在城市另一边的人也会驱车前来，甚至一些香港人都要过境专门来这里买菜！因为蛇口靠海，新鲜海鲜是蛇口市场最显著的特色。在那些喜欢美食还热爱自己动手的深圳老饕眼中，没去过蛇口市场挑过海鲜，实在是人生一大憾事！如果你不是海边长大的孩子，这里会是了解海鲜的一个理想场所。各种叫得出名字叫不出名字的海鲜，张牙舞爪的螃蟹，游来游去的海鱼，足以让你大开眼界。你随时可以向忙碌着的摊主问这问那，他们会带着你可能听不懂的粤音潮调热情地详细介绍。

除了海鲜，这里还有许多广东特色、潮汕风味的美食。潮汕牛肉丸、豆腐串，还有鲜嫩的猪肉、牛肉，基本上你想要的这里都能满足。

很多远道而来的餐饮店主，采买完新鲜的食材，就到海鲜市场附近的老店，用心品尝蛇口老街的经典美味和新款菜式，心领神会以后，回头在自家店里隆重推出。

蛇口市场一直在变。2020年7月12日蛇口市场官方发布改造通知，3个月后，这里将完成一场从“老市场”到“现代化超市”的转变。蛇口市场建成于1992年，是深圳数一数二的海鲜批发市场。这一座上了“年纪”的市场，在2020年迎来了升级改造，里里外外、地上地下，整个空间已焕然一新，整体以“渔”元素为核心进行了设计，增设渔船造型小广场，变得时尚起来，甚至可与高颜值的现代化生鲜超市相媲美。升级改造后的蛇口市场，既更换了老旧线路，设立独立专用变压器，也更新了所有下水管道，统一使用规格更高的排污管，明沟还全部安装了不锈钢盖，彻底解决地面污水聚积问题。如今，改造后的蛇口市场不再是湿漉漉的。摊位设置更加科学，增加了排水区，地板是速干防滑的，进去买一回菜，出来鞋子不会再弄湿了。市场内，海鲜、蔬菜、肉类、冰鲜等分区一目了然，砖砌台上展示的商品一览无余。在二楼，还新增了公共卫生间、母婴室、食品快检室等，非常人性化。市场管理突出“智慧”这个关键点。智能防作弊电子秤、商户信息屏、触摸查询一体机，智能支付、交易溯源、计量管理、价格检测为一体的智慧管理和服务模式，不仅能够清楚了解各类海鲜蔬果的售价、检测结果，还能进行电子支付以及使用二维码对商家进行点赞或是投诉。

不变的，是骨子里隽永的潮汕味道。以报道市井生活见长的“深圳微时光”这样介绍蛇口老街：这是一条与深圳格格不入的老街。在这里，也许你看不到步履匆匆的行人，也看不到冷冰冰的办公楼，更看不到灯红酒绿的夜市生活，但是这里却充满烟火气。逛一圈，吃一轮，你会感觉自己仿佛来到了粤东潮汕地区的某个海边小镇，你不禁要问：哎，这里真的是深圳吗？当然是啊，这里是最深圳的地方，也是最不深

深圳海鲜一条街——蛇口市场（黄志文 摄）



圳的地方。在深圳这样快节奏的城市里，蛇口老街却独享着她的慢生活。她的慢，与潮州牌坊街、汕头小公园，有几分神似；她的韵味，从遍布老街的时装店、便利店、五金店、鱼仔档、烧腊店里氤氲开来。

蛇口老街是深圳难得的美食聚集地。这些店的味道并不一定是最好的，却都是老蛇口人记忆里的味道。藏在一堆五金店中间的老兵牛蹄店，据说是深圳第一家做牛蹄的店。牛蹄很便宜，一根20元左右，上桌会切成三小块。沾满汤汁的牛蹄特别有嚼劲，轻轻咬一口，再吸一吸汁液，简直冲击味蕾。配上一份千页豆腐，味道更棒，可以缓解一下光吃肉的油腻感，不够的话，再加一份面条拌着汤汁，很有味道。沁心饼屋，只要2.5元一个的菠萝包，看起来粗糙，但有蛇口人童年回忆中的面包香。以粽子闻名的嘉华小吃，从来不冷清。店门口摆满了糯米、馅料和粽叶，现做现吃，每一个粽子都真材实料。口味选择有肉馅和海鲜馅。每一款，馅料都超级足，你可以带走也可以堂食。百草堂凉茶铺，不仅在蛇口，在整个深圳都很出名，很多人都慕名而来。店里除了主打的凉茶，还有100多种糖水。因为太有名了，即使到晚上十点都还有人在门口排队。除了这些有名的店，还有很多陪伴蛇口人多年的老店，鱼仔档、烧鹅店、肠粉王、牛肉面、港式餐厅等等。蛇口老街的美食够你吃一辈子，也能让你怀念一辈子。

在忙碌的深圳，能够被定义为“适合闲逛”的地方本来就不多，像蛇口老街这样甚至让人想模糊掉时间概念地住下的街区，更是难得。在这里，照相馆、影印店的门口卖着香脆可口的烧猪皮，干洗店门口摆满了水果，没有特别强烈的穿越感，倒是这些混搭的店铺充满了意想不到的惊喜感。蛇口新城的昂扬与潮汕传统的闲散，也是这样在蛇口老街及其周边和谐混搭，共栖共生。渔二村珍藏着蛇口的旧时光。一些老旧痕迹是不屑于藏起来的，就像人有了皱纹，但依旧落落大方，不惧他人凝视，自然有了另一番风韵。老街巷子里的商铺有些很显老，保持着多年不变的风格，木招牌，棕红色的墙体，留有总蒸发不尽的水痕。店面都小小的，有的挂满琳琅的商品，老板躲在暗处，任屋里的老式电视机播放着，和老顾客一起冲茶拉家常，谈话间隙偶尔的沉默，也不觉尴尬，抬眼瞥瞥街边行人，再回到有一搭没一搭的闲话中。做餐饮的，就没那么悠闲了，即使午后两点到五点是休憩时间，不对外营业，但厨房里总有人在忙碌，整理、打扫、备菜，等待饭点时刻接受老饕的“检验”。一天又一天，他们的手艺，不知不觉成了这里老的味道、老的记忆。

穿梭在村子里，路边的石凳上，公园的榕树下，聚满了老街坊。四五位银发奶奶围在一张方桌前愉悦地打扑克，而不远处一群六七十岁的老爷爷的面孔就深沉多了，这是象棋局，对弈的两人盯着棋盘，抚着下巴，思

腰鼓队表演《爱我中华》节目（渔二社区　提供）

来想去，久久不见移动棋子，一点儿不受身旁嬉闹的孩子的影响。

还有一群痴迷腰鼓舞的。渔二社区的腰鼓队成立于2006年，是由退休居民自发组织、壮大，发展为社区特色的。队员时常相聚在附近的蛇口广场练习，腰肢伴随着击鼓的旋律舞动，狐步、转体，前后摆，上下甩……姿态刚柔并济，健美动人。



随着外来人口越来越多，渔二村始终不见有别处的浮躁与喧嚣。一年最热闹时，就是正月十三了。正月十三日开丁节是广东汕尾海陆丰一带颇为盛大的节日，渔二村将开丁节的习俗延续过来，并发展成为深圳市非物质文化遗产。旧时是为了祝贺家庭添丁，要在神座前焚香点烛，点上灯笼挂在礼堂或家门口，俗称上灯，与客家人添丁挂灯的习俗类似。后来男女平等，凡新生婴儿，无论男女，都能上灯。除了上灯，还

开丁节是渔二村的一个传统民间节令（渔二社区　提供）



要请客人吃开丁茶。开丁茶就是前面说的菜茶，寓意吉祥幸福，前来的客人都要开怀大吃，客人吃得越多，主人就越高兴，来的客人越多，主人脸上就越有光彩。

如今，在渔二村，开丁节就是同庆的好日子，家家户户挂红灯笼，插彩旗，走家串户吃开丁茶，互送祝福。香港人妙姐曾在2016年体验了渔二村的开丁节。当年，渔二村总共新添了20名婴孩。妙姐先来到朋友玲的家，玲的嫂子生了一个可爱的女儿。家里为了准备开丁茶，从早上七点半开始准备。随着生活水平的提高，开丁茶的用料越来越丰富和讲究，要先分门别类将白菜、芹菜、生菜、菠菜、荷兰豆、蒜苗、木耳、香菇、鱿鱼、元贝、虾米等蔬菜、海味连同腊肠、肉切细剁碎，然后炒熟分开盛起，还要熬制肉汤，代替旧时的茶水，肉汤要由肉骨头和鸡肉一起熬煮三个小时。玲全家人齐上阵，忙活了近五个小时。妙姐中午到达的时候，家中的客厅已坐满了正在享用开丁茶的宾客，主人不停为吃完一碗“茶”的宾客再添“茶”。妙姐也享用了两碗，她跟随玲去了另一户人家，主人也热情递上开丁茶。令妙姐印象深刻的是，这户人家准备了500多碗，会一直招呼客人到晚上十点半。

能不能让时光的脚步暂时停住？好让我们在蛇口老街的温润里流连得更久，好让我们在开丁节的热闹里一醉乡愁。

# 大铲村：伶仃洋上的“蛇口秘境”

“惶恐滩头说惶恐，零丁洋里叹零丁。”相信大家对元朝著名将领文天祥的《过零丁洋》都耳熟能详，但对其诗句中提及的“零丁洋”，现在一般叫作“伶仃洋”的地方，未必有确切的了解。

伶仃洋，也称珠江口，面积其实很大。其范围北起虎门，口宽约4公里，南达香港、澳门，宽约65公里，水域面积约2100平方公里。东由广东省深圳市赤湾，经内伶仃岛，西至珠海市淇澳岛一线以北为内伶仃洋，水域面积1041平方公里。伶仃洋是珠江流域最大的喇叭形河口湾，属弱潮河口，潮型为不规则半日混合潮。伶仃洋更曾是南中国大门上的一道防线，南沙及东莞等地仍有抗击外来侵略者所修建的炮台的遗址。鸦片战争前，伶仃洋和伶仃岛曾被英美侵略者的鸦片贩子用趸船和快艇强占，成为对我国进行鸦片走私的跳板。

现在，伶仃洋上有三个岛属于深圳蛇口。一个是内伶仃岛，已经被列为国家级自然保护区，在渔一村史中已经有过介绍，现在专属内伶仃社区；另一个是孖洲岛，四面环水，岛上坐落着号称华南地区最大的友联修船基地；第三个就是大铲岛，一个外形酷似铲子的岛屿，在蛇口西面的前海湾海面上。

大铲岛上植被丰富，草木葳蕤。很早的时候，常有来自东莞、番禺、中山等地的流动渔民在岛岸短暂停靠、歇息栖身。民国初，形成了自然村庄。

内伶仃岛“岛主”猕猴（胡柳柳　摄）



大铲岛为珠江口的咽喉之地，从清代开始成为海关重地。1898年，清政府与英国签订了《展拓香港界址专条》后，大铲岛战略地位突显，处在内地通往海外各港的必经航道上，堪称“海上要塞”，为防范英军突袭与海上走私，1899年，清政府便在岛上设立了海关。

渐渐地，进出商船来来往往，在此散聚，沙滩上开始出现临时摊档，摆卖鱼、蚝等产品，岛上郑氏、王氏两家各开了茶楼，接待过往客商。

1949年11月16日，为了清理盘踞在岛上的顽固势力，两广纵队团长袁庚派两个排组成的战斗队经过3个小时的战斗，顺利解放大铲岛，并接管了岛上的重要机构大铲海关。当时岛上居民有30户153人。

如今，大铲岛虽由南山区蛇口街道管辖，但大铲海关是“国”字头的，全称是“中华人民共和国大铲海关”，是广东省海关的一个重要窗口。

大铲岛上以王姓人口居多，他们来自广东东莞的厚街、沙田、虎门等地，除捕捞以外，还从事交通运输工作，为海关等驻岛单位提供交通运输服务。

交通运输业一直是大铲村的主要经济来源。早期的运输包括运载驻岛人员往返陆岛之间，运送粮食等生活必需品上岛。运输用的船叫“摇关艇”，能承载3人。等到20世纪60年代，升级的“摇关艇”能承载4～5人。

1979年，政府号召并支持渔民到陆地定居，大铲村村民陆续从岛上搬迁到蛇口陆地居住，直到1981年全部搬迁完毕，共23户，133人。

一开始，没有土地，怎么办？只能租住在蛇口中学礼堂、渔业二大队厂房里。后来，从1981年到1985年间，逐步规划建设大铲旧村，村民

孖洲岛航拍［友联船厂（蛇口）有限公司　提供］

1987年大铲岛航拍（陈宗浩　摄）



自建房屋43栋，加上原村委办公楼，共44栋。“村口等你”也从此成为大铲旧村居民相约会面的口头禅。2016年，旧村改造更新，许多往事只能回忆。

大铲村村民兴叔是1980年搬到岸上的，那年，他刚好从大铲小学毕业，准备上初中。大铲小学是为了解决岛上渔民子女及驻军子女入学困难于1960年创办的。建校之初，条件非常艰苦，借用生产大队的仓库作为校舍，仅有10名学生。即便如此，22年来，教师王寿仍始终坚持在岛上辛勤培育学生，陪伴一代代大铲人的童年，直到大铲居民全部迁往陆上定居，大铲小学停办。

岛上生活自此结束。兴叔回忆，来到陆上后，恰逢招商局蛇口工业区成立，蛇口建设蓬勃发展，集体的“摇关艇”运输转为个体经营，以

运输红砖、水泥等建筑材料为主，其中，渔二大队的运输业规模最大，收益最丰，1981年运输总收入高达43万余元。许多人开始跟着渔二运输红砖，开启了蛇口运输业的辉煌时刻。20世纪80年代中后期，阳江、吴川等外地来的运输红砖船只增添了竞争压力，加上基本建设规模压缩、建设单位拖欠大量砖款，红砖运输转为代运海鲜产品。20世纪90年代，随着代运产品限制，海鲜代运逐步走入低谷，蛇口运输业慢慢衰落。

除了水上运输，大铲村在1979年就抓住时机，通过租用渔业二大队厂房，率先开办了大铲电子厂，第二年又开办了制衣厂，算是蛇口最早

夜色下的蛇口港像披上了一层黄金铠甲（戚景亮　摄）





一批“三来一补”企业。后来还兴办了汽水厂、金属制品厂等实业。对此，兴叔颇感自豪：“我们的条件非常好，工资比别的地方都高，很多人都想来我们这儿找活儿干。”

1992年6—11月，大铲村完成农村城市化改革后，组建蛇口大铲实业股份有限公司，投资700万元兴办大铲宾馆。宾馆占地面积1600平方米，一时成为蛇口石云路的地标。大铲村不拘泥传统，随着时代变迁，近年间又对大铲宾馆进行了一次大胆的整体装修升级，重塑品牌。如今的大铲宾馆焕然一新，焕发出年轻的活力。

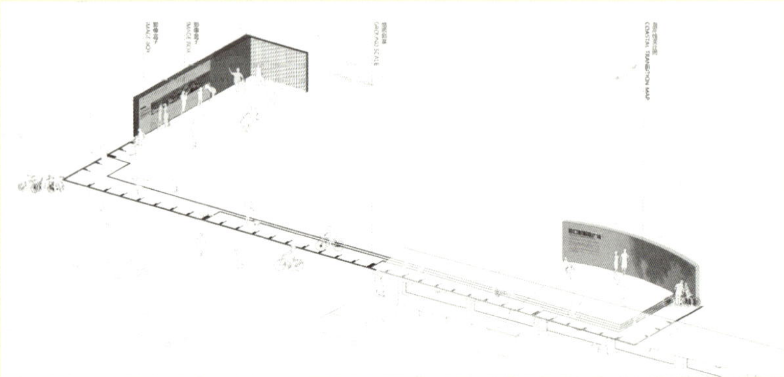

蛇口影剧院广场设计图

蛇口影剧院广场重新激活了人们对蛇口历史的特有记忆



此外，大铲实业股份有限公司还在惠东、汕尾、深汕工业园等地，开展自来水供水、铺设水网等项目，把自家的“水上功夫”发挥得淋漓尽致。

无论是海关重地大铲岛，还是自然保护区内伶仃岛，这些伶仃洋上的离岛，对于大多数深圳人来说，都是一个个神秘的所在，需要通过申请，才能去这些岛上探秘，一窥海岛风光、水上风情。而曾经从周边陆上迁徙上岛，又从岛上迁居到蛇口地面的居民，他们的故乡不仅在岛上，也在更古远的故园。不信你听，大铲村的哪家老小，不经意间就会唱出这样的思乡调——

飞飞转，菊花圆，炒米饼，糯米圆。

这首名为《飞飞转》的粤语儿歌，歌词里说的“糯米圆”正是大铲村村民心中的家乡味道。

糯米圆又称咸丸，是东莞人在冬至、除夕、元宵的必备美食，表示阖家团圆之意。糯米圆有红白两色，用料精细、讲究，需要用上好的糯米粉搓成粉团，切成一粒粒小方块，再粒粒搓圆，不加馅，放入用老母鸡熬制而成的汤中。汤里还会加入鱿鱼、虾米、干贝、冬菇、腊肉碎粒、咸菜、蚝豉、大白菜等食材和佐料，熬成一锅丰盛的浓汤。热腾腾的糯米圆入口即化，既吸足了滋味醇厚的鸡汤，又带有糯米自有的甜香，鲜甜美味。

无论世间如何变换，生活如何漂泊，大铲村村民总能用一碗糯米圆，盛好一份思念。

要盛多少碗糯米圆，才能盛得下这一方方人对那一方方水土的心心念念？

深圳这个『**非熟人社会**』的一种特殊社会氛围：在一个『**来了就是深圳人**』的都市，『**陌生**』比其他城市更常态化，不会成为撑开彼此距离的竹竿。

三

# 街区篇：蛇口的熟悉与陌生

从蛇口原住民村落盘根错节的历史纵深中走出来，扑面而来、映入我们眼帘的是纵横交错、日新月异的街衢。

特区建立才40多年。对于一座城市，对于一座城市的历史来说，实在太短，短到几乎可以忽略不计。就像一列火车呼啸而过，眼前闪过一道白光，就永远消失在远方。车外的人，来不及看清楚火车的轮廓，更不用说看清楚车内千姿百态的人；车内的人，来不及看清楚车外的风景，更不用说树、草、花、人。深圳，就是这样一列飞奔的火车，稍不留神，就已经天翻地覆。你还来不及出神、发呆，就已经被她远远甩在后面。

深圳文学评论家廖立新说，这座飞速发展的城市，需要文字和影像，需要许许多多的记录者、书写者，用他们的笔或者镜头，留下关于这座城市方方面面、点点滴滴的记忆，才可以躲过炮锤、挖掘机，才可以突破空间的阻隔，经受时间的冲刷、淘洗，获得更长久的生命力。于是，奋斗了40多年的深圳人开始将目光从手上的活计，挪移到脚下这片土地，既埋头赶路，也仰望星空；既打拼未来，也忆思过往。深圳睦邻文学奖鼓励深圳人写深圳，最好写自己、写自己的周遭，将自己亲历的深圳、生活于其中的深圳，记录下来，传承下去。深圳文学爱好者开始关注身边的深圳、走读当下的深圳。深圳作家、睦邻文学奖提名评委王国华，推出了深圳《街巷志》系列作品，用“城愁”涵养城市人格。



民间叙事主体的多元化、叙事主题的多样化、叙事方式的个性化，自觉承担起了城市文化建构的使命，使坚硬的城市变得柔软，骨感的城市变得丰腴，枯涩的城市变得水嫩，苍白的城市变得秾丽，漠然的城市变得温情。比如王国华的《时光且停片刻》，于街头巷尾、烟火人家，读出深圳这个“非熟人社会”的一种特殊社会氛围：在一个“来了就是深圳人”的都市，“陌生”比其他城市更常态化，不会成为撑开彼此距离的竹竿。熙来攘往的街道上，没有一个熟悉的面孔，谁都神态自若。熟悉即陌生，陌生即熟悉。

# 舌尖上的蛇口：蛇口老字号口碑餐饮

民以食为天。一个地方的餐饮，最能反映出那个地方的市井世相、烟火人间。通过深圳市商业联合会、深圳市深商总会，我们从深圳市老字号协会执行副会长曹春慧那里知道了一家隐藏在蛇口的老字号餐饮——华洋酒楼。

华洋酒楼创始于1989年5月1日，当时周边共有四家不错的餐饮同时开业。岁月荏苒，其余三家餐饮店或者转行、或者歇业，已经渐渐淡出了人们的记忆，只有华洋酒楼依然故我地在华洋大厦一楼如常经营。知情者说，华洋酒楼的装修有过更新，但是基本格局还是老样子，几乎没有改变。



从水湾站地铁口出来，沿太子路东行数十步，就是水湾路口。右转向南十数步，左边就是华洋大厦，一个高高的半圆台阶上去就是华洋酒楼的大堂。酒店大楼与华洋大厦的一楼大堂合作一处，一边是酒店海鲜池，一边是大厦电梯间。酒楼里每个房间的墙壁上都挂满了关于蛇口的老照片。深圳文化学者邓康延一边凝望着墙上的照片，一边自言自语地感叹：“（20世纪）80年代的开天辟地，换来了80年代以后的岁月静好。过上了今天的好日子，是不该忘记那一代人的筚路蓝缕啊。”

张勇曾经是华洋酒楼的经理，对华洋的历史了如指掌。据他介绍，华洋大厦这个地面属于南水村。1989年，中国海洋石油总公司在这里盖了栋楼叫华洋宾馆，老东家就直接在一楼做了华洋酒楼，同年5月1

华洋酒楼是蛇口历史最悠久的粤菜餐厅，陪伴蛇口三代人的成长，早茶、夜茶，是蛇口人的集体记忆

日开业。1997年7月1日，张勇来华洋酒楼上班，印象很深刻。现在观海集团的老板当时是华洋酒楼的总经理，张勇是经理，还有后来的悦景酒家的创始人，是副经理。那时候大家才二十多岁一起拼搏，酒楼业务蒸蒸日上。

20世纪90年代的华洋酒楼很善于经营，主抓两种客源：一种是企业客源。当时的包房与企业联营，如华为厅、华美厅、华森厅、华西厅，都是企业的长包房。华为厅就专门给华为做接待房，华为不订，才可以订给其他客人。15间包房为华美钢铁、南玻集团等300多家蛇口企业提供接待服务。另一个客源，就是老蛇口本地街坊。华洋酒楼位于南水村和水湾村的交接地带，两个村的原住民都喜欢来华洋酒楼喝茶宴客。广东有三大菜系：广府菜、潮州菜、客家菜。华洋酒楼的菜品属于广府菜系中的粤西菜，湛江风味。湛江海岸线长，海鲜多且新鲜。湛江菜做法看似简单，却十分注重原汁原味。湛江生蚝、海鲜、沙虫、白切鸡等，既有“南番顺（南海、番禺、顺德等地）”等广州菜的清淡，又有不同于一般广州菜的食材；既有潮州海鲜的鲜美，又不像潮州菜那样繁复，

华洋酒楼菜式坚持经典，又不乏创新

颇受蛇口本地居民的欢迎。加之蛇口工业区开发之初，水上运输和基础建设等业务繁忙，从湛江、吴川等地过来从事运输和建筑业务的人特别多，他们当然更喜欢华洋酒楼的家乡风味了。那时南山的春满园也是湛江老板开的，做的也是粤西菜系。华洋大厦隶属中国海洋石油总公司在湛江的西部石油基地，湛江基因显而易见。

张勇属虎，1993年就入了餐饮这一行。先是在老家湛江一家三星级酒店工作，来华洋酒楼后，一做就是十几年。2009年与朋友一起去包头创业，也做餐饮。不好做，2018年又回到深圳。2020年疫情期间，很多餐饮业都歇业，直到当年5月份才又陆续开张。张勇留意到，华洋酒楼好像没动静。

8月，老板主动联系张勇，告诉他，自己的精力可能不放在酒楼这块了，想把华洋酒楼出让了。张勇听老东家这么一说，倍觉伤感。想到自己来蛇口的第一份工作就在华洋，第一份引以为傲的事业就在华洋，如果眼看着华洋酒楼就这么没了，他心里会有万千不舍。当时，还在观海酒楼工作的张勇，动了接下华洋酒楼的念头。那天，他正在蛇口一家牛排店与朋友们讨论华洋酒楼的事，遇上了心有灵犀的邓景辉。

邓景辉也是湛江人。大学毕业后通过自己的努力进了央企，来深圳做国际贸易。因为工作原因，他经常出国。每到一个地方，他都喜欢去吃当地的美食。认定一个店，每过一段时间又会再去。比如在纽约的曼哈顿，有一个牛排店，很小的店面，很独特的风味，邓景辉每次去纽约都会去光顾。好多年了，那个店都一直在。邓景辉在华洋酒楼吃过他来深圳的第一顿饭，在华洋酒楼度过许许多多开心的日子。那时也许还很艰苦，业务也有起有伏，但是人年轻、心天真，日子过得无忧无虑的，留下的记忆无限美好。就是那天听张勇讲起华洋酒楼要转让的事，邓景辉心念一动，要为留下蛇口记忆做点什么。邓景辉2007年从央企离职，自己创业，生意铺排开了。疫情以来，国际业务也需要调整，何不趁此机会，将华洋酒楼这个老品牌接过来，做下去？曾经的湖滨酒家没了，曾经的金都酒家也没了，华洋酒楼不能再没了。邓景辉与张勇等人一拍即合，当即决定把华洋酒楼接下来，把华洋酒楼这个品牌延续下去。邓景辉虽然是第一次做餐饮，但张勇是行家；邓景辉这些年周游世界，对国际餐饮趋势、特色的感受和理解，也会对华洋酒楼的经营有所启发。

说干就干。接手华洋酒楼后，邓景辉立即进行了全新装修，但是原来的招牌格局、风格都沿袭不变。装修期间，店里不断接到老主顾的电话，询问酒楼什么时候恢复营业。2020年10月18日，华洋酒楼焕然一新，重新营业，等候多时的老主顾蜂拥而入。这些老顾客，他们儿子的结婚酒是在华洋酒楼摆的，孙子的满月酒也是在这里摆的，现在孙子的结婚酒宴也想到华洋酒楼来摆。二三十年了，当年还在读书的小孩儿，爸妈打发他们早早过来排队喝早茶，转眼间已经是谈婚论嫁的年轻小伙子、大姑娘。从1989年到2021年，邓景辉、张勇掐指一算，真是“故园三十二年前”啊，华洋酒楼这个蛇口老字号餐饮品牌在他们手上重焕生机，他们内心的喜悦之情溢于言表。



华洋酒楼的菜式坚持经典。现在很多“网红店”起得快，散得快，最终立得住的，还是要有经得起时间检验的好出品，这是根本。华洋酒楼的粤西菜突出食材，用最简单的方法做出最原味的新鲜。原味焗就是用湛江的花生油加海盐，几片姜，看似简单，做出地道的口味来，顾客就最喜欢。华洋酒楼有道菜叫“满载而归”。用花生油加盐去焗，一条老虎斑加上6只虾和6只鲍鱼，下面再铺几片五花肉，然后直接放在炉子里面利用火力焗熟。花生油是土榨的，盐是湛江东海的海盐。清蒸、白灼常见，原味焗不易吃到。观海酒楼以油盐焗见长，华洋酒楼的原味焗汁水偏多一点点。

华洋酒楼的茶点都是纯手工制作，顾客一吃就知道，不是加工厂配送、流水线、商业化的。老主顾过来最常点的是虾饺、烧卖、叉烧包，药膳凤爪、胡椒猪肚、萝卜糕等。薄荷叶花椒煲鸡，用的是湛江农场土鸡，统一从湛江配送过来。

湛江烧猪，是华洋酒楼的头牌菜式，鸿运当头，皮脆肉嫩。宴席头盘，一般是乳猪或烧腊拼盘、卤水拼盘。点了烧猪，一般就配龙虾，不点白灼虾。虾，也有讲究，到底是基围虾、九节虾、龙虾仔，还是大龙虾？鱼，是桂花鱼、多宝鱼、石斑，还是东星斑？华洋酒楼都有经典的搭配推荐。烧猪，一种是光皮的，还有一种是芝麻皮。传统粤菜的是芝麻皮，酥的，食客吃那层皮，肉一般再拿回去煮粥或者放姜葱炒。湛江菜是光皮猪，不起芝麻的，按照光皮猪入味，连皮带肉一起吃。华洋酒楼则结合两者，既有酥皮，肉也有味道，一起吃，这叫作麻章烧猪，麻章是湛江的一个区。

华洋酒楼还有道湛江名菜——沙虫。沙虫不好洗，需要专业的手法。很多人不会翻洗，翻洗的时候要一次搞定，如果一次翻洗不好，再洗就洗不干净了。华洋酒楼用的都是活沙虫，每天到了餐馆后再现翻的，平时放在海鲜池养着。

吃海鲜有讲究。华洋酒楼有一道油盐焗奄仔蟹。蟹有花蟹，如红蟹、梭子蟹，也有青蟹。水蟹、重皮蟹、奄仔蟹，最后变成了肉蟹、膏蟹、黄油蟹，不同的生长时期，不同的生长环境，烹饪和食用的方法不同。最小的时候就是叫水蟹，还没有发育成熟就叫处女蟹，也就是奄仔蟹。等它交配成熟之后，它就会变成膏蟹。没有被配种的就会变成肉蟹。青蟹到了换壳的季节，由于新壳未硬，还藏在旧壳下面，故名重皮蟹。1000只膏蟹里面才有一只成为黄油蟹。生蚝也一样，不同的水域、咸度、温度，雌雄不断地更替。秋冬季的蚝是最好的。华洋酒楼在蚝和蟹的做法上很有经验。

华洋酒楼也有时令菜，比如秋冬吃羊腩煲，温补，客家有焖的，雷州则是连汤的。虽然现在大棚已经颠覆了很多季节菜，但是有些个别的东西还是没办法这么大量地温室生产，乡村也种不了这么多，而且季节太短了，所以时令菜也是很讲究的。还有川粤结合菜，椒香牛小排，干椒和鲜花椒，微微麻中带一点点辣。主要是为了迎合深圳人复杂的口味，咸一点，辣一点。有时候纯吃海鲜、吃粤菜，会觉得清淡了些。

华洋酒楼复业以来，经营状况比预期还好。每天早上7点多钟，喝早茶的人们陆续来到。服务生推着早茶车，在桌席间行来行去。古老的广式茶，与地道的粤西菜，在新老顾客的味蕾间，开始了一天的芳华绽放，直至夜深，余味不绝。这华洋杂处的一席风流，在花开花落的变革时代绵延了32年之久。

与华洋酒楼一起，被“老饕”们评为“深圳八大深藏不露的老字号餐厅”的，还有蛇口的北京餐厅，它们与肥妹烧腊店、北海渔村、国贸旋转餐厅、凤凰楼、胜记、潮江春一样，与深圳一起成长，成为深圳人的集体记忆。

地处蛇口商乐街185号的北京餐厅，与水湾路14号的华洋酒楼，距离很近，历史也差不多久远。北京餐厅从一开始，最出名的是面食，尤其是饺子和大饼，有食客曾经从罗湖开一个多小时的车去买2斤大饼。从1993年起，北京餐厅开始做北京烤鸭，用的是北京空运的填鸭。据说在北京吃一道烤鸭是230元，在北京餐厅却只要128元。

位于蛇口雷岭二路的金都酒楼，也是一家老蛇口人都知道的老字号餐饮。金都酒楼创办于1995年，当初的名字叫“金都雪园饭店”，分为上、下两层，经营面积超过1000平方米，可提供400个餐位，主打上海风味菜肴，每个包房都以苏州园林的名称命名，吸引了不少蛇口人前来消费。两年后，酒楼改名为“金都酒楼”，以经营海鲜、粤菜为主，同时还供应早茶。

酒楼最红火的时候包房要提前几天预约，吃早茶要排队等位。它曾经是蛇口性价比最高的粤菜餐厅，一楼大约40张大小不一的餐桌，很挤，可往往还要拿号等位。酒楼的房间没有最低消费和服务费之说，特价菜还非常多。菜价一般在10元左右，1元/只的扇贝，3元/只的元贝是任点的。还有其他的海鲜都很便宜，椒盐濑尿虾的味道很好，上好的一份才20元左右。粤式海鲜有各种各样的做法，很新鲜，味道也很正，早茶也很便宜，红焖凤爪很受欢迎。家常饼，面粉包肉，异常好吃。多年来蛇口人多在这里宴请宾客、聚餐休闲。

2019年3月26日起，金都酒楼关门歇业，往日络绎不绝的消费者不见踪影。金都酒楼还会不会像华洋酒楼一样华丽转身，重新出现在蛇口人的生活风景里？目前还不得而知。

# “深圳购物要么到沙头角，要么来南水步行街”

近代上海的市井繁华总与店铺林立的南京路联系在一起。在二十世纪二三十年代的上海滩，家境殷实的女人们热衷于逛商店。南京路上扎堆聚集了四家由澳大利亚归国华侨兴办的百货公司：先施、永安、新新、大新，几乎成为上海滩十里洋场的代名词。它们不仅给当时的上海人带去了最时髦的购物方式，还初步形成了中国最早的百货业。

蛇口的商贸繁荣也与百货业的兴盛和几条商街的旺盛分不开。

1978年，位于蛇口老街的蛇口供销社百货商店开业，蛇口人能在家门口买到自行车、电视等高档商品了。1981年，由集装箱改装而成的、深圳第一家免税品商店开业，轰动一时，掀起了蛇口商超的发展热潮。

南水村162号见证了蛇口超市、商场在20世纪80年代的发展历程。1982年，由蛇口工业区经营的蛇口购物中心在此开业。1984年，这里又诞生了蛇口第一家大型综合商场——上海轻工总汇，这家位于南水村162号的商场一度与海上世界、南海酒店齐名，是深圳居民、游客购物必到之所。1987年底，建设面积几近6000平方米的海虹超市又在此落成。后来周边又陆陆续续开了很多商超，竞争日趋激烈。

“上海轻工总汇”，曾经是蛇口商业领域的领军标志，地位一点儿都不亚于今天的万象城、华强北。那个时代，如果你在蛇口工作或生活，不知道“上海轻工总汇”的可能性为零。坐中巴去蛇口，总有乘客说“过轻工总汇有落”（“有落”是粤语，意为有人下车）。最早的时

20世纪80年代，蛇口居民的生活场景。图为从工厂下班的员工（罗沛　摄）



候，轻工总汇门前的十字路口不是用红绿灯疏导交通的，用的是圆形转盘交通岛。

轻工总汇原本有两层，一楼卖各种轻工产品，还有个副食品超市，有各种自产的豆类副食品和自产的雪糕冰棒。卖钟表、衣服、皮鞋、床上用品的基本在二楼。如今的老蛇口人说起去上海轻工购物，去临近的“江海酒家”饮“夜茶”，去南水步行街LD影碟厅看“大片”，怀旧之情宛如上海人回忆旧时上海。

上海轻工总汇的确有正宗的“上海血统”。当年，上海轻工局在蛇

口投资了一批企业，包括亚洲自行车厂、上海副食品厂蛇口分厂等。上海轻工总汇的上级机构是华申企业有限公司，属于上海国有企业。上海货的品质，上海人的时髦消费理念，曾经风靡全国，也很受蛇口人的追捧。提起上海轻工总汇的辉煌史，员工们至今都觉得十分自豪，店里卖

20世纪80年代末，如果在蛇口工作、生活，不知道“上海轻工总汇”的可能性为零，图为上海轻工总汇旧貌（罗沛　摄）

的东西都是从上海拉来的上海货，食品、衣服、机电产品等应有尽有，一到周末，店里总是人山人海，上海轻工总汇一时成了市民购买上海货的乐园。

1995年后，上海轻工总汇的生意开始衰落。究竟是什么原因使上

1982年，蛇口最早的临时商店



海轻工总汇画上了句号？有人分析，一是前面十年经营业绩太好，钱太容易赚，就不容易居安思危，领先优势变成了劣势。还有就是上海国有企业的管理体制，在越来越市场化的深圳，越来越不适应。民营商场的崛起使上海轻工的客源流失，家乐福、沃尔玛等大型跨国零售企业的进驻，更令上海轻工雪上加霜。直到2002年，上海轻工总汇结束营业。

深圳睦邻文学奖年度大奖获得者、深圳创业商人陈卫华有过到上海轻工总汇开店的经历，他为之写下了回忆：

1996年4月的某一天，我听从老板的意思，准备开个女性日化店。自己坐一个半小时的204路大巴从深南中路的统建楼赶到蛇口，因为得知蛇口上海轻工总汇二楼有铺位外招。一问还剩一个没人要的角落位置，租金倒是便宜，1500元，我当即交了“二租一押”（即两个月的租金和一个月的押金）签了合同，一下就把打工两年的积蓄花光了。

上海轻工总汇是蛇口老牌的口碑商场，但这两年压力也大了，近有对面新开的利安商场，远有常兴路人头攒动的家乐福。所以总汇领导决定腾出二楼300平方米外租减负。总汇的租金从5月1日开始算，我们就必须赶在开业前做好装修进货。那几天我和合伙人都很忙，我负责找人装修，主要是做货柜、喷绘、灯饰，合伙人则在“女人世界”假扮顾客看各种各样的货品，比各种各样的质量。我们还去了广州流花市场和化妆品市场，历经曲折，终于暂时找到一家比较满意的供货商。

筹备阶段，我们每天都是尽量乘204路大巴赶回公司宿舍，有几天太晚，是在海昌街一个小旅社住，40元一晚。

终于到“五一”开业，我们专柜部分商品七折，营业额竟冲到了四千元，让我们着实尝了一回手足无措的幸福。“五一”后几天，生意迅速萎缩下来。有一天下雨，才卖了三十块钱，整个二楼营业员比稀稀拉拉的顾客还多。边上的上海莱恩西服专柜裁剪师老方走过来说，要讨水泡饭吃了，上个月才做了五套。然后看着我们，特工一样压低声道，你们怎么会跑这里来“交学费”？不知道总汇要倒了吗？我们刹那间瞪圆了眼睛。

蛇口没有南京路，但是蛇口有南水步行街。

旧时老街大多是步行街。东门老街可以说是深圳历史最悠久的步行街了。以前曾有“没来东门老街，就等于没来深圳”这样的说法。东门老街以往是以买卖低端商品、服装手工艺品为主，日游客流量曾达到60万人之多。华强北是国内最大的电子产品交易中心，主打的就是各类电子物件。在华强北商业街崛起以前，二十世纪八九十年代，中英街和南

南水步行街不算宽敞，但商铺成行成市，大众品牌的服装店林立，周末人头攒动



水步行街要出名得多。

中英街位于深圳盐田沙头角，地面由梧桐山流向大鹏湾的小河河床淤积而成，原名“鹭鹚径”，长约250米，宽约3~4米，深圳、香港各占一半，街心以“界碑石”为界，与香港一街相处，需办理通行证才能进入，故中英街被称作“特区中的‘特区’”。国门初开时，内地居民还不能随时到访香港，出境游、出国游也有诸多限制，于是到中英街购物，“一脚踏深港两界，一街览中英风情”，就成为到访深圳的人们的标配之选。

南水步行街于1989年建成，总计有94个铺位门店，总面积不过4000多平方米。到1990年前后，南水步行街就已经发展成为深圳知名的购物地点。“购物要么到沙头角，要么来南水步行街”，成了当时旅游购物行业流行的口头禅。究其原因，是当时进出中英街还不是件简单的事情。而蛇口作为中国改革开放的“圣地”已经在全国人民心中享有盛誉，凡是来深圳的人都想到蛇口看一看，逛一逛，买一点儿特别的纪念品。当时蛇口通过海上运输，可以从香港进口大量内地还不常见的日常生活用品，如进口香皂、遮阳伞、丝袜、电子表……这些都是回老家时送亲朋好友的礼物。这些商品在南水步行街都可敞开供应，完全没有必要舍近求远去中英街购买。有人现在还记得当年经常去南水步行街买朱丽纹的布料。这种布料是两米一块的，大约人民币30～50元不等，一块布正好可以做一条连衣裙，非常合用；花色品种又多，这次买了一款，下次来再买一款，这次送给亲戚，下次捎带给朋友，来来往往，络绎不绝。

南水步行街的兴盛也许还与骑着自行车出行的上班族有点关系。蛇口初创年代，蛇口工业区职工几乎人手一辆自行车。不管白领蓝领，无一例外，既不开汽车，也不乘公交。公共汽车很少，不方便。小汽车就更少了，被人羡慕着，却没人奢望着拥有。但是蛇口有自行车厂，产品款式新颖、时尚，于是自行车大行其道。当时蛇口男女比例为1∶7，几乎看不到“打工仔”。上下班是“打工妹”的车技表演时间，她们驾驭着自行车，鱼贯而出，蜂拥而至；上班奔向西南各厂，下班回归东北四海宿舍区。途经四海公园、上海轻工总汇、金融中心、海上世界、蛇口码头、大成面粉厂。日复一日，年复一年，几乎没有离开过这个南头半岛。休班的时间，就是“打工妹”们三五成群，扎堆逛街的时候了。她们的生活用品、时尚衣饰、有意思的小玩意、性价比高的小礼物，多是在南水步行街的商店里淘来的。

南水步行街是蛇口步行商业街的一个代表。那时，蛇口的步行街还有水湾步行街、商乐街、海昌街、蛇口老街，以及后来逐渐发展起来的蛇口渔街、蛇口海上世界步行街。街与街相连，路与路相通，店与店相挨而不同，形成功能各不一样却连成一片的蛇口商业街区。酒吧娱乐聚集于海昌街、太子路，餐饮购物偏向于商乐街、南水路，新式餐饮靠西边的水湾村、海上世界，潮式海鲜在东头的蛇口老街、渔街。蛇口渔街东临蛇口海鲜市场、南接15公里滨海观光休闲带、北望四海公园、西倚海上世界城市综合体，是蛇口的中心纽带。如今的渔街，既彰显中高档特色海鲜美食的文化，也保留了古色古香的渔街风情。渔街两旁的8幅浮雕壁画流光溢彩。每一幅壁画都展示了蛇口渔民生活的变迁历史，表达了岁月如梭的诗情画意，无处不在的创意渔文化设施，处处彰显着海洋文化的生活元素。

蛇口步行街的东西比东门少些，因为东门很多店家卖的东西都是一样的，可以比价、讲价，有时候会比蛇口的东西便宜一些。但是蛇口步行街的东西，层次比东门要丰富一些。从最新鲜、最便宜的传统海鲜，到海上世界游轮上的西式海鲜餐饮，蛇口消费者的选择余地要大很多，价格差也特别大，丰俭由人，各取所需。



蛇口的街头，有着更多的外来人和外来文化。“打工潮”时期蛇口的大街小巷，嚷嚷着各种方言，只有本乡本土的人才能够互相交谈，旁人根本听不懂，插不上话。但是那些年轻的“打工仔”“打工妹”们却从不缺学习新东西的热情。他们学英语、学电脑、学会计、学设计……蛇口还有过许多“诗社”“文学社”。如同蛇口一个“半岛诗会”的宣言：“我是半岛，我的血管里流淌着绵长的大陆，我的瞳孔涨满海水。生命呼啸着一片荒凉，天际呈现着一座冰山或者一条河流，我感到宙斯在不断地撕裂生命的原色。”那真是一个青春洋溢、诗意朦胧的蛇口。

深圳本地人，久居新西兰、现居蛇口的双语作家谢宏，这样回忆他亲历的蛇口、亲历的南水步行街：

我1989年大学毕业后，就来中国银行蛇口支行工作。我工作的地方在海上世界，银行宿舍就在南水村。宿舍大院门口左手边有家小邮局。那时我在蛇口，同学都在市中心，寂寞时就给外地的同学拨长途电话说话解闷。过去二十多年，那家邮局还在原地，每次路过那里总有一种感慨。

有那么一段时间，我常白天逛去南水步行街。有时是为了打发时间，主要是为了看录像。那时流行看录像。距街口不远有一家录像室。白天观众很少，又有空调冷气，我喜欢安静的时刻。我看银幕上一个个别人的故事，总想些与别人的故事相关或毫无关系的事情，思绪万千，浮想联翩。每次看完电影出来，阳光白得晃眼，我有种梦幻的感觉。

当年刚来蛇口的时候，我整天想着调到市区去。当时有个女同学说，“蛇口适合你，你慢慢就会喜欢上的。”看来她还真说对了。我慢慢适应了蛇口的生活，喜欢上了这里的变和不变，一直住到了现在。

# 郁郁乎文哉：从渔民小学开始

1970年的某天深夜，月明星稀，村子格外静谧。唯有一间仓库里，不时传出来一阵阵讨论声。说到激动处，有的声音不觉高亢起来。不过一会儿，说话人可能就意识到了，大家又刻意压低了声，但仍抑制不住侃侃而谈，话语里都流露着兴奋劲儿。

如果仔细辨别，会看到讨论的有4个人，他们正是刚刚建校的蛇口中学的校长和老师们。说是中学，但学校就是这间带阁楼的仓库，楼下是白天上课的教室，阁楼就是校长和老师的办公室和宿舍。这唯一的校舍简陋、破旧，阁楼虽有隔断，但不隔音，只要翻身一动，或者一说话，互相都听得清清楚楚。于是，4人干脆躺在床上开起了“卧谈会”。



“卧谈会”谈什么？那是句句离不开蛇口中学的建设、管理和发展大计。在蛇口中学创立之前，蛇口人若想读高中，则需要远到南头中学就读，翻山越岭，路上要花费一个多小时，夏天汗流浃背，冬天寒风刺骨，非常艰苦。蛇口中学建校之初，尽管初中部只有127名学生、14名老师，高中部只有50名学生、3名教师，但它不仅真切实现了蛇口人在家门口读高中的愿望，还让蛇口的初中教育更加体系化、规范化。在此之前，蛇口只有“戴帽初中”班，所谓“戴帽初中”班，就是在小学办初中班，这是教育资源匮乏下的无奈之举。比如，1969年，为了实现“读初中不出大队”的要求，蛇口渔民小学、湾厦小学、大铲小学、内伶仃小学、后海小学均附设初中班。

每天晚上的“卧谈会”，郑耀辉都很积极，忍不住将自己的所思所想知无不言。这位24岁的小伙子是土生土长的深圳南头人，他19岁那年，从宝安县南头中学考上了华南师范大学化学系，是当年南头中学考上大学的两名学生之一。大学毕业后，虽然有许多机会，他还是回到了家乡，1970年被分配到蛇口中学，成为蛇口教育拓荒牛的一员。

随着政府和村民的重视，依靠拨款，蛇口中学的办学条件有了很大改善，逐步建起了正式的校舍、礼堂和教工宿舍。在课程设计上，蛇口中学开设了政治、语文、数学、英语、化学、农基（相当于现在的生物）、机电（相当于现在的物理）、图画、音乐和体育等课程。

郑耀辉的教学日子充实又忙碌，他除了要教化学课外，还要教机电课，音体美、文艺宣传队也归他指导。他还被村民戏称为“半个生产队队长”。绰号从何而来？这要从一项“开门办学”的国家教育政策开始说起。

“开门办学”是在“文革”特殊时期的办学举措，就是贯彻“以学为主，兼学别样”的指示，大中小学师生走出校门，到工厂、农村、部队、商店等“大课堂”去学习、去办学，并请工农兵走上讲台。意思就是，学习之余，走出校园，走向劳动。

蛇口中学当时有3个农场。根据一个校友回忆，学校在内伶仃岛也开辟了农场，每周师生都要从蛇口避风塘乘坐机动渔船登岛务农种芭蕉。那时候蛇口片区小学阶段“开门办学”的特色是种党参，而中学阶段就是种甘蔗和芭蕉。

郑耀辉带领学生开垦农场、种菜、植番薯、养土猪，上山采药、下海养蚝，帮村民防治白蚁。春秋收获季，还会放“农忙假”。所谓“农忙假”，可不是舒舒服服躺着的，它的目的只有一个，就是让学生帮助大人到田间地头劳动。郑耀辉就会带着全体学生到生产队去，帮忙割禾、收花生、摘荔枝、修水塘……“半个生产队队长”的绰号就是这

么来的。

挽起裤脚下田是农民，放下裤脚上课是老师，那个年代的教育不唯分数论，郑耀辉和所有乡村教师一样，努力引导学生德智体全面发展。很长一段时间里，高中部的教师都少于10人，直到1986年，才突破10人。郑耀辉在教学的第一线花费了许多心思，也在管理岗位上出过不少成绩。1992年，他接任蛇口中学校长，3年后，带领学校通过了“南山区一级学校”评估。2003年，郑耀辉任蛇口学校党总支书记时，学校通过了“广东省一级学校”评估。

随着中学管理体系的调整，蛇口中学历经了多种变化，有一段时间高中部停办，曾在职业高中、普通高中不同身份性质间反复变换，在学制上也经历了由四年制中学改办成六年制中学，但它一直是蛇口人民渴

1977年，蛇口小学全貌（霍维新　摄）

求孩子成人成才、迈进更高学府继续深造的教育摇篮。



“读初中不出大队”的落地办法是开设“戴帽初中”班，就是在小学办初中班，那么蛇口小学的底子怎么样呢？

1984年，有一位母亲带着自己的两个女儿，从潮汕风尘仆仆赶到蛇口时，看到了自家弟弟早在路口等候多时。一见到亲人，还没来得及叙旧，弟弟接过行李，左手提起一袋衣物，右肩扛起一筐家乡特产，匆匆带领她们往家中赶。

两个小女孩大的10岁，小的5岁，边走边好奇打量着这个渔村。姐姐的名字叫作洪雪娟，是家中的老大，她越看，眼睛越发亮，看这里的房子，多好啊，建得比老家的规整多了。这里还有海，听母亲说，爸爸就在海的那边。一想到父亲，姐姐几乎快忘记他长什么样了，他自1979年到香港后一直没能回家。此番来蛇口，就是为了能离父亲近一点。

终于要到家了，原来这里是渔二村，这是政府号召渔民陆上定居而规划的村子。洪雪娟的外公和舅舅都是渔民，他们常年在蛇口捕鱼作业，以此为生，吃住都在渔船上，后来响应号召决定“洗脚上岸”，住进渔二村，这才使洪雪娟一家有了投奔、寄住之所。渔二村的人大都是潮汕老乡，大家有说有笑，洪雪娟慢慢熟悉了新环境，安心住了下来。

来到新环境，要解决温饱问题。父亲虽然每月会按时邮来生活费，但一家人还是要省吃俭用度日。母亲是家庭主妇，没有工作收入，多是做些农活或者小工，洪雪娟也很懂事，像在老家一样，一有时间就帮忙下地种田，还跑到海边学习织渔网，或者徒步到深圳湾捡柴火。

此外，读书问题也要重新解决。在办理好暂住证，好不容易凑齐交了300多块钱的借读费后，洪雪娟终于插班到蛇口中心小学的三年级读书了。

蛇口中心小学的前身是蛇口渔民小学，学校成立于1955年，校舍借用了蛇口水产站厂房，也就是如今蛇口老街87号附近，直到第二年才在蛇口造船厂西侧，也就是今天蛇口老街蓝漪花园西侧，建起了砖瓦房作为教室。这是蛇口地域学校教育之始，建校之初只有18名学生，均是蛇口渔民子女。

自蛇口渔民小学后，蛇口地域先后出现了湾厦小学、大铲小学、内伶仃岛军民小学、后海小学。1970年至1978年，五所小学齐头发展，这是蛇口历史上学校数目最多的时期。1979年，蛇口渔民小学更改为蛇口中心小学。又因内伶仃岛军民小学、大铲小学、后海小学陆续停办，湾厦小学因蛇口工业区征用校址而并入蛇口中心小学，自1981年起，蛇口区域只有蛇口中心小学一所，直到1995年海湾小学建立，才打破这一局面。而蛇口中心小学在1986年再一次更名为深圳市蛇口小学。

这里再说说郑耀辉与蛇口小学的发展故事。1988年，郑耀辉担任蛇口中学副校长兼蛇口小学校长，做了一系列创新改革，比如早在20世纪90年代初，他就敏锐地意识到英语的重要性，开始实验双语教学。他放开心态拥抱互联网，使用先进的信息技术进行教育工作，还建立校园网和教师个人主页，当今我们对互联网早已见惯不怪了，但在当时，它是鲜为人知的。

在德育、体育、艺术和科学等方面，郑耀辉率先推广广播体操，筹建南山区第一家小学校园学生电视台，开办特色社团，其中，以“五彩石合唱团”最为知名。五彩石合唱团成立于1995年，由音乐教师赵枝创立和指导。这位来自湖南的音乐才女，二十余年来坚持利用课余时间，为一群群没有任何音乐基础的孩子进行义务指导，让孩子通过歌唱绽放梦想。她的孜孜不倦换来点“石”成金，五彩石合唱团参加过许多大型合唱节和国际比赛，并荣获了不少冠军、金奖，硕果累累，让世界听到最美的中国童声。

蛇口小学在诸多力量的共同努力下，在1992年至1997年的5年内，创造了连上三个台阶的奇迹，从“区一级学校”“市一级学校”，再到“省一级学校”，赢得了各方的赞誉和认可。

让我们说回洪雪娟的故事。洪雪娟插班就读蛇口中心小学后，碰到了大困难，她听不懂粤语。尽管正在大力推行普通话，但同学之间交流还是习惯用粤语，甚至老师上课时，也常用粤语讲解。洪雪娟深深感受到了外来人的隔阂，以及由陌生感带来的无形压力，这使得她日后能与许多外来务工人员的子女产生共情，并选择了自己的职业生涯方向，且一直坚持下去。当然，这是后话。当时她心中难过，不免有抵触之感。后来还是经过沟通，老师特意安排了一位会说潮汕话的孩子作为她的同桌，耐心带着她逐渐熟悉。

殊不知，她学会了一口流利的粤语后，高中时却被告知因不是本地生源，需要回到户口所在地准备高考。这下子，被迫回到老家的洪雪娟面对用潮汕话讲课的老师，又怔住了。在蛇口这么多年，她已经视那儿为另一个故乡了，粤语也成了她的乡音。

1997年，大学毕业的洪雪娟被分配到汕尾一所公办中学当老师。这是一份“铁饭碗”，薪资稳定，福利待遇不错，但她心有所属了，她想回到母亲身边，回到蛇口。

洪雪娟面临职业抉择的同时，1997年，蛇口教育界也发生了一件载入史册的事情。

自20世纪90年代初起，越来越多的外来务工人员落脚蛇口，在这里寻找工作机会、追逐梦想。随迁子女的数量日益剧增，前面提及，即使在蛇口小学之外又新建了海湾小学，学位依旧非常紧缺。为此，出现了许多“棚屋学校”。“棚屋学校”指的是那些没有经过报备，私自在工地、山边、荔枝林等地开办的学校，没有办学手续，校舍就是租用的农民房或厂房，有的甚至违规私自搭建，这样不仅无法保证教学质量，师生的生命安全还令人担忧。即使如此，这些不合规的“棚屋学校”，还是吸纳了大批外来务工人员子女就读。



为了解决辖区内外来务工人员子女入学难问题，蛇口街道办事处于1997年7月牵头创办了东湾小学，这是辖区第一所公益民办的私立小学，坚守公益为本，不以营利为目的。事后证明，这既缓解了许多家庭的孩子入学困难，也让蛇口多添了一个优质教育品牌；既启蒙、栽培了许多懵懂的孩子，也彰显了一批批为教育、为众人抱薪者的无私奉献。

东湾小学创办工作完全是“无中生有”。根据东湾小学首任校长伍福森校长回忆，当时只有政策上的一纸空文，没有办学经费，更要命的是，办学场地也是“踏破铁鞋无觅处”，幸好蛇口小学愿意腾出部分场地充作临时校址，这才使得东湾小学从美好设想变成现实。20间教室均是由活动室改造装修而成的，就在居民住宅楼的一、二层，每层10间教室，中间有过道，教室对称分布，门对门，窗对窗。上课时，教室基本都关闭门窗，拉紧帘子，否则如果某间教室的老师嗓门稍微大一些，就会干扰到隔壁的课堂。

洪雪娟放弃“铁饭碗”后，就加入了刚建立不久的东湾小学，成为一名民办教师，没有编制，薪水微薄。尽管孩子交来的学费除了支付书杂费、基本硬件设施费用，结余下来的全部发放给老师，老师还是穷得叮当响。因为东湾小学的学生家庭条件大多不富裕，不少父母还是低收入者。为了让孩子读得起书，一学期1100元的学费，不能再高了。

没有多余的钱聘请工人，除了教学任务，学校老师还要做许多杂活儿。就拿学校操场来说，东湾小学的操场，一开始就宛若一个大工地，黄沙漫天飞，每天课余时间老师都要给操场洒水，避免尘土飞扬。每次开学前，老师会提前返校去操场拔草，因为没有孩子的嬉戏奔跑，野草趁假期已疯长及至膝盖高。撸起袖子，挽起裤脚，劳作两天下来，老师的手臂和小腿全是蚊子包、红疙瘩，被刮伤的血痕。

东湾小学凭靠这样一群甘于奉献的教职工，2004年就成为南山区第一批合格的民办学校。那段时间也是蛇口进行资源整合的变动时期，2003年，蛇口中学和蛇口小学合并，更名为蛇口学校，成为一所九年一贯制学校，并于当年被评选为“广东省一级学校”。2005年下半年，依照教育投资计划的统一安排，东湾小学的临时校址要被收回。是关闭，还是搬迁？如果搬，又能搬去哪里？东湾小学再次面临没有去处的困境，1400名学生要何去何从？

是扎根于此350多年的湾厦人留住了这颗教育火种。蛇口湾厦实业股份有限公司董事长莫锦华，人称“莫老爷”，仗义好施，他主动开口建议，让出爱榕路一带近3600平方米的地，作为新校址，东湾小学每年仅需以缴纳租金的方式返还股民。爱榕路那块地是湾厦实业股份有限公司仅剩不多的地块，原来建有厂房，为了支持东湾小学建校，湾厦实业股

蛇口学校是一所九年一贯制学校，2003年被评选为“广东省一级学校”



份有限公司提前与企业结束了租约，并出资500万元，按照学校的规模和要求，建立了新校舍。楼高五层，二楼到五楼是教室和多功能教室，底层楼架空，高4.5米，作为学生的活动场地。

多年来，湾厦实业股份有限公司先后拿出了10多万平方米的土地和上千万的资金，无偿支持蛇口教育事业的发展。湾厦实业股份有限公司接手承办东湾小学，仍然保持公益为本的办学宗旨。在交接仪式上，莫锦华还说过这样一段话，赢得了台下阵阵掌声和盈眶热泪：

“接手东湾小学，只算经济账，我们公司没有任何好处。我曾经犹豫过，我这样做，会不会给自己和后面接手的人带来麻烦。但现在每天放学时，看见老师们带着学生整整齐齐从我门前经过，我想我的决定是

历史悠久的蛇口学校续写着蛇口美丽的教育诗篇



对的。对于公司而言，学校一学期的收入还不到物业租金的几分之一，所以我没有想过用东湾小学来赚钱，也不会在东湾小学的账上拿走一分钱，学校所收经费全部用于学校改善条件和提高教师工资。如有特殊需要，我们也可以降低学校租金，延长回收周期，来帮助东湾小学尽快改善办学条件。一旦收回成本，我们也可以考虑不收学校租金，让学校能更有余地去计划和开展工作。”

湾厦实业股份有限公司不但没有急于索要回报，还不断付出，比如，学校落成启用后，公司先后又投入了近200万元进行教学环境二次升级改造。还将年租金从80万元降到20万元，纯粹是象征性收取费用，只是为了能补贴、提高教职工的薪酬待遇。这对学校至关重要，不仅有了

相对稳定的用地，还帮助稳定了教职工的思想和民心，有三分之一的老师一直坚守在东湾小学，他们有的不惜舍弃了公办学校抛来的橄榄枝，有的拒绝了能提供更好待遇的工作机会，选择陪伴一届又一届外来工子女学生的童年成长，亲近他们，引导他们，温暖他们。

2006年，洪雪娟任东湾小学的校长后，更是一心扑在了学校事务上，她丈夫常说："如果找不到洪雪娟，那她一定在学校。"东湾小学的口碑是看得见的。东湾小学附近曾有一所民办学校，因为安全原因被取缔教学资格后，1000多名学生需分流到周围几所公办学校中。其中，

蛇口学校旁的街角休闲空间，是孩子的成长乐园（黄丹霞　摄）



有200多名家长希望孩子能就读东湾小学。理由说出来，非常简单、朴实，因为东湾小学会护送孩子放学回家。原来，学生的父母都忙于生计，几乎没有办法接送孩子。只有东湾小学每天由老师带队护送学生回家，日复一日，风雨无阻，最远的一队甚至要在1公里开外。这种贴心的保驾护航，是蛇口路上一道美丽的风景，也是家长心中的定心丸。

20多年来，东湾小学培养了一批批英才，如2008年北京奥运会深圳火炬手高英慧、全国中学生田径运动会跳远冠军吴振辉、参加2019年国庆阅兵的毕业生刘强……

在各方帮助、关照中成长起来的东湾小学，也用双倍的爱呵护、滋润孩子的心田，春风化雨，百岁千秋。

末了，还是要说说蛇口的幼儿教育。每年幼儿园报名季，位于蛇口新街石云村的蓓蕾幼儿园是家长眼中的“香饽饽”。

在目前学前教育领域公办园少、民办园多的发展格局下，这所创办于1990年的公办幼儿园，创办5年后就被评为广东省首批“省一级幼儿园”，办学质量有目共睹。

别看坐落在蛇口老居民区内，蓓蕾幼儿园的硬件设施好得令许多园区羡慕，有2500多平方米的户外活动面积，既有宽广的操场，又有丰富的活动游戏区域，能攀爬、可投掷，应有尽有。在饮食上，荤素搭配，营养均衡。

相信最吸引家长的，还得是蓓蕾幼儿园里稳定、优秀的师资力量。2018年，南山区教育系统曾举办了首届榜样教师评选活动，经过个人申报、学校评选、家长和学生网络测评、电话采访、演讲答辩等多种方式，最终10位教师脱颖而出。这10位榜样教师都以爱心和使命，赋予教师这一平凡岗位、三尺讲台以无限荣光，他们中有的远赴新疆西藏支教多年，有的为了推广校园足球放弃了家族事业。

其中，有一位坚守在幼儿教育第一线、从教了30多年的榜样教师，名叫但卫民，就来自蓓蕾幼儿园。蓓蕾幼儿园提倡培养“快乐、自信、成功”的儿童，但卫民老师三十余载静待花开，自1988年走上学前幼儿教育岗位至今，她都坚信，幼儿园期间要给孩子真正的素质教育，老师要做的就是积极去探索发现并帮助孩子养成良好的生活习惯和学习品格，让孩子未来有一个好身体，有学习的能力。教育本平凡，却因为每一位老师的付出而变得不凡。

有趣的是，蓓蕾幼儿园还拥有一批热爱幼儿教育的男教师。蓓蕾幼儿园自开园起，就大胆打破偏见，聘请有能力的男教师，有的是一线教

创办于1990年的蓓蕾幼儿园是广东省“首批一级幼儿园”



师，有的是后勤人员。这在当时可是轰动新闻，即使在现今绝大多数依然是女士“一统天下”的幼儿园里，这群“男士兵团”也是一道亮丽的风景线。

一般公立幼儿园的配班制度，指的是每个班有3位老师，一位班主任，一位助教老师，一位生活老师。一开始，家长担心男教师没有足够的爱心，女教师也都不愿意与男教师配班，嫌他们笨手笨脚的。在实践中，大家慢慢发现，有了男教师的“加盟”，许多工作却变得更加容易开展，活动也更加生动活泼，女教师越来越喜欢和男教师“搭档”了，孩子更是喜欢上男教师的课。

这里简单分享几位建园早期的男教师的故事和心路历程。

林曲军是幼儿园的美术老师，他1994年毕业于江西南昌师范学院美术系后，就投身于幼儿教育事业。他在最初也面对了人们认为“只有女教师才温柔、体贴、富有爱心”的误解，后来用自己的实践证明，男教师会在温柔中摒弃女性过多的细腻和绵软，而把男性的豪迈、胆量和勇气灌输给孩子。这对孩子的全面发展十分重要。

负责幼儿园的电教工作的李新钢对幼教工作最深的体会是，男教师有自己的独特作用。比如，他会非常注意对幼儿的兴趣、良好习惯的培养。在电脑教学当中，他首先会培养幼儿学电脑、用电脑的兴趣，以及正确使用电脑的习惯，在此基础上再着重培养幼儿动手动脑、独立解决问题的能力。在这过程，他更注意培养幼儿在语言的表述上力求简洁明了、坚决果断。

余幼平自1990年从湖南幼师毕业后，就一直与孩子打交道，当一名“孩子王”。他带孩子做游戏，一招一式，干脆有力。还经常组织孩子开展一些活动量大、具有一定竞争性的游戏，如踢足球、远足、爬山等等，以培养坚强、勇敢的品质。

蓓蕾幼儿园的优质资源还进一步惠及了更多孩子，因为南山区通过输出公办园管理团队办分园的方法，扩大了优质教育资源的覆盖面。通过输出蓓蕾幼儿园管理团队的方式，在华侨城社区管理首地容御幼儿园，建立蓓蕾·天鹅湖幼儿园，它们都已成为全市普惠、优质和非营利办园的新品牌，深受市民好评。

在蛇口学校校门附近，有一棵木麻黄树，在教育战线耕耘五十载的郑耀辉看着它从小树苗一直长成顶天立地的大树。在蛇口学校校园内，还栽种着许多荔枝树。这些荔枝树都有七八十年的历史，是当年蛇口村里的农民们留下来的。平日里，两三千名师生对荔枝树爱护有加，互相陪伴度过了花开花落、结出果实的岁月时光。正如蛇口教育的累累硕果，也是一代代人精心呵护、耐心等待的甜蜜回馈。

## 蛇口向东看：新理念，新封面

哈佛设计学院Loeb Fellow学者黄伟文，曾任深圳市公共艺术中心主任、深圳市规划局城市与建筑设计处正副处长，是深圳香港城市\建筑双城双年展主要推动者和组织者。他有清华大学建筑学（学士）与城市规划与设计（硕士）的教育背景，师从朱自煊教授研究城市设计。自1996年起从事城市规划设计管理工作，关注中国快速城市化中的宜居环境与空间质量问题，反思中国城市规划与设计的理论与实践，探索中国城市人性化和可持续发展的可能性。

说起蛇口，黄伟文如数家珍，并特意撰写专文《蛇口的口在哪儿？》。

在黄伟文看来，蛇口首先是江湾之口。蛇口作为深圳地名无人不晓，也大略能猜出其地名来源跟海山轮廓如大蛇张口有关。具体这个口的轮廓，当然早在不断的移山填海中消隐了。喜欢解读地图的黄伟文，为我们描画并解读了蛇口的原始岸线：以东角头的蛇口山和南海酒店背后的微波信号山为两端点，自东向西将蛇口老街、绿地路、滨海路连成一条大弧线的海湾，以前排序叫六湾，应该就是原来面向珠江口扼守深圳湾口的真正蛇“口”了。海上世界明华轮就是蛇口原始岸线所剩无几的证物之一。

后来的深圳人来到海上世界确实会纳闷：一艘被周边房子簇拥着的大船，是假造的还是从天上掉下来的？看来往外推了一里半的岸线，当时应该为明华轮留一道出海口，即使老船坐滩已久，出海的念想也应该给留一个，而且留一线水口还有更多的好处。

现在的人们无法想象蛇口这个地名蕴含的形状，还因为蛇口半岛的脖子也从最初最窄的2.5公里，分别向前、后海湾两边加粗到将近两倍，成了一条撑得不成形的“贪吃蛇”了。

蛇口的命运或许早就因口含深圳湾和珠江口的地缘而被决定了。700多年前新会崖山海战中被宰相陆秀夫背着跳海的南宋小皇帝，据说就是漂到此地归葬的；600多年前郑和的船队会过来做远离陆地前的妈祖海神祭祀仪式；500多年前葡萄牙人也到了这一海域勘探和盘踞，后来才被赶到珠江对岸的；180多年前的中英鸦片战争在此发生并导致港岛九龙的先后割让。之后李鸿章等能臣兴办洋务、改革图强，其中在上海滩创建的一个轮船公司，几经周折迁移到香港，后来成为交通部管理的在港

山海相依、城水相融，深圳湾让特区居民回归自然（陈烁明　摄）

孩童在深圳湾公园写生（罗沛　摄）

企业，并在1978年由一个出身于宝安大鹏海员家庭的人执掌，于是他把借香港之势开拓轮船公司新基地的眼光投向了这片与香港对口相望的弧湾。



黄伟文认为，在关于蛇口的众多回忆中，比较少提到袁庚要把蛇口建设成为“最适合人类居住的地方”甚至是“高智能社区”的具体设想。从初期工业区的规划图纸看，当时的思路非常简朴实用：以港口为龙头，沿大南山东侧开辟港口对外的南海大道，因此需要开山第一炮炸开大南山与微波山的连接段，再以南海大道为脊椎依次划出8条长短不一的鱼骨作为工业区骨干道路，分别命名为工业一路到工业八路，并在工业区与已有的东角头各渔村（如南水、湾厦、渔一二村等）之间的大片空地上布置居住区、公共设施，包括公园。道路除了南海大道其余都是两三条车道的窄路，建筑都是多层为主，配上南方容易生长的棕榈科植物和榕树，一个尺度亲切舒适的南方港口工业小

2017年蛇口避风塘

镇的骨架和氛围就有了。

黄伟文有幸见过各个时期的蛇口。蛇口早期的标志形象主要由依山面海的南海酒店、退役靠岸的明华轮以及一段海堤尽头的女娲补天雕塑这组“铁三角”构成，前两者之间是一小段人造沙滩浴场和背后简朴的几排别墅，包括爱在此消磨时光的外国面孔，一起营造了蛇口二十世纪八九十年代惬意轻松的滨海风情——这种独有的环境氛围、包括各种“袁庚式改革”，塑造了早期蛇口人有别于深圳的独特认同感，或者可以称为港口“城邦”的意识。

明华轮是招商局购自法国的二手邮轮，彻底退休后就被改成中国内地的首家游乐场，也因接待了邓小平1984年的视察和午休，得到邓小平给企业唯一的一幅题字“海上世界”。但20世纪90年代后期，由于设施老化、消防隐患等原因，“海上世界”已经关门停业，这首老船该如何活化还是拆解就成了一个议题。蛇口的一家企业想租下改造营运，但怎么改造心里没谱，就通过黄伟文的同学邀请他出主意。黄伟文特别研究了邮轮的图纸，发现相当于6～7层大楼的轮船，因为只能靠船舷梯上到相当于5层的主甲板上再上下到各层，所以底下几层虽然离地面近但路径反而更长、利用率最低，于是建议从最低处开口进入船体，再利用中空的轮机房做成电梯中庭来激活各层的使用。为了不让船体上开一大口的感觉太明显，黄伟文想到在船前方先挖一个下沉广场，再将开口设在下沉广场众多店铺的一间，而地面以上仍营造邮船靠岸的码头氛围。如果需要配什么水景的话，则应该做在原先为海的一侧而不是相反的岸侧，以此标记出原来岸线的水陆演变逻辑。

黄伟文的建议部分得到了实现，成为2003年之后的蛇口海上世界的热闹景观，只是未料2007年一场暴雨夹带山石堵塞排海水口，下沉广场排水不及被淹成一大水池，于是发展商和招商地产只好启动再一次的大改造。如前所言，给这艘不能航行的船留一道出海口，其实也是为片区发展留一条风与水的活口，有利于排洪和通风，同时增加临时岸线长度。

当年2.14平方公里的土地，确实远远满足不了蛇口工业区出乎意料的发展势头，向海要地成为必然。规划一个中规中矩的港口工业区与做一个魅力滨水城区的设计是完全不同的任务。海上世界往外将近1平方公里的填海土地代表着蛇口“城邦”的外拓和新形象，招商局在新世纪前后的几年内连着做了两轮国际设计竞赛都还不满意，之后又经过多轮国内外机构的修改调整，建成的效果如今全部呈现在我们眼前。

黄伟文自东而西盘点了这些建设项目的效果：

南海玫瑰园一个楼盘占据了填出来的蛇口渔港一半的岸线。公园路可算作蛇口南北中轴线，到了南海玫瑰园跟前就戛然而止，很多经过的人都搞不清楚大海的方向其实就隔着一排房子；

再过来是双玺花园，不仅仅是深圳顶级豪宅的名头让普通人却步，其300～500米的私域设计更是从物理空间上杜绝了公众穿行溜达到海滨的可能性，甚至这个楼盘的业主要到楼下的滨海公园散步，也不得不通过背朝大海的入口，绕行这300～500米以上的距离才能亲近到水面；

绕行到双玺花园西侧便是女娲滨海公园，难得的滨海公地，但知道和使用的人似乎并不太多。这里也正是明华轮可以与海沟通的通道，如果留一条20来米宽的水道，会比简单的树木草地更能提供滨水的吸引力和方便排水泄洪；

再往西去，是海上世界文化艺术中心、招商局广场、伍兹公寓和希尔顿南海酒店。黄伟文认为，这组建筑中，只有日本建筑师桢文彦设计的文化艺术中心的尺度和姿态相对于老蛇口的文脉来说是合适的。新的招商局大楼和南海酒店都做得高大突兀，忽略了老蛇口港口城邦的宜人之处在于尺度的朴素谦逊（当年袁庚期待的蛇口建筑基本都不超过30米）。在那些高大新建筑纷纷争抢景观和眼球的姿态中，构成过往蛇口滨海特色的“铁三角”也已经基本没有存在感了。

蛇口中心河成为蛇口人“打卡”的又一大型“网红景观带”



黄伟文认为，填海开发区的建筑可以是多层街坊为主，保持一定水网的离岛也能实现同样的开发量，而且招商局重视城市设计，举行的两轮竞赛中，也不乏这样的方案被评委所推荐。街坊模式或小街区密路网模式的好处，是可以提供更多有活力的街道，这种构造是能把人带到海边的最适宜的滨水公共空间网络，并与被围堵在内陆的老蛇口有着气脉的贯通和亲切尺度的衔接。如果细心观察，会发现过去的渔村和老街都与滨海有着最自然和开放的联系，是以一条条延伸到海边的街道方式体现出来的，如湾厦路、渔村路、石云路、水湾路、水湾直街等，但这些传统通向滨水的街道，在岸线外推的填海规划中并没有得到同步延伸，而是被一层又一层的滨水景观楼盘所阻挡，围海造地将原来老蛇口的水口风口路口视线口一并堵住了。

与老蛇口片区的填海开发相比，蛇口东填海区面积更大。深圳湾原名“后海湾”，意为“前海湾之后”的海湾，是介于香港新界与深圳南山的对开海域。后来，由于香港先使用了“后海湾”，深圳遂改称为“深圳湾”（早期西方航海图上标注这块水域为Deep Bay，倒也与现在的中文名字很一致）。深圳湾东临河套地区，从红树林开始，经过深圳湾总部基地及后海，西至蛇口半岛。这片大约20平方公里的滨海陆地其实是“长”出来的。1990年的深圳大学宿舍还是海景物业，能一览无余眺望近在咫尺的海景，走几步就是海滩。那时桂庙村的居民都以打鱼为生，白石洲都是养蚝的，就连现在的世界之窗、锦绣中华区域，也都是曾经的深圳湾的海岸线。蛇口片区后海大道以东的地方全是海水和滩涂。到了20世纪末，大力求发展的深圳，开始填海造地。1997年，蔚蓝海岸楼盘开发向东越过了后海大道；1999年，滨海大道正式通车，深圳湾雏形初现；2007年，深圳湾大桥竣工，深圳湾成为最闪耀的城市封面。这里拥有深圳顶级的城市配套和景观资源，聚集着最多的总部企业和行业精英，拥有长达约15公里的深圳湾滨海长廊，以及景观震撼的深圳湾大桥，是当之无愧的湾区名片。

在黄伟文看来，深圳湾口岸土地与当年袁庚的蛇口城邦差不多大，占据着蛇口半岛新成形的东南突出之地，却是比较封闭和低效的。这些大型基础设施，包括大马路，对宝贵的滨水资源形成一种切割和封堵。即便是他们专门规划设计出来的深圳湾滨海公园带，贴着深圳湾北侧西侧一直延伸超过15公里，尽管很受欢迎，但与城市社区之间，始终是被快速道路和超尺度公共设施（污水厂/车辆段/体育场/口岸/大楼盘）所阻隔，不方便到达。唯此之故，深圳后海总部基地和深圳湾超级总部基地，都在修改原来的设计，以图弥补上述不足。

令黄伟文甚感安慰的是，蛇口东填海区早就预留了一条由北到南

深圳湾滨海休闲带全长近17公里，蜿蜒在深圳湾畔



的中心路人工河道，向南和向东北方向（通过一内湖）完成了与深圳湾的水道联系。这条河道起初是2003年Aube欧博设计公司负责蛇口东片区规划时规划的南北向绿带。黄伟文有机会接触这个片区的规划，就建议将这绿带再往北延伸1.5公里贯穿后海中心区。再后来，黄伟文的水务规划同事朱闻博建议将其设计为人工河并通过污水处理厂的净化水来补水。黄伟文感叹，这样为填海区留出水道和街巷来与水岸沟通的做法实在是太少了。

Aube欧博设计公司1997年创立于法国巴黎，是集建筑、景观、城市设计于一体的国际设计品牌。法语中的Aube意为“天边的第一缕光”，寓意着“黎明、曙光与希望”。2000年，Aube欧博在深圳的第一个代表作——华侨城生态广场竣工，好评如潮。2006年，Aube欧博出品的半岛城邦一期项目竣工，引领豪宅设计新标杆。2017年，深圳市人才公园项目竣工，Aube欧博设计创造出全国第一个以人才为主题的公园，广受赞美。

据Aube欧博设计董事白宇西介绍，公司在深圳、巴黎两地有约500名员工组成的设计团队，一直践行“创造美好生活空间”的使命。20多年来，设计佳作频出，如：以深圳国际会展中心、贵阳生态国际会展中心为代表的会展综合发展区（EDD）；以深圳侨城坊、深圳半岛城邦花园为代表的街区生活综合体；以深圳坪山文化综合体、深圳南山第二实验学校为代表的行为环境学下的文教建筑；以深圳较场尾、深圳蛇口东填海区为代表的行动城市设计；以深圳人才公园、深圳华侨城生态广场为代表的在地标性景观设计。

白宇西说，20世纪90年代末，房地产迅猛发展，城市规划也日趋重要，2000年左右，深圳市规划局牵头，时任城市与建筑设计处处长的黄伟文找了好几家设计公司，大家一起来摸索未来深圳城市规划到底应该怎么做。当时，大家有个共识，就是城市规划既要有前瞻性，还要有弹性，应该是一个生长性的规划，不要定得太细。那时，规划设计界已经觉察到，整个深圳湾沿海地带要做一个大型带状滨海休闲公园。具体怎么做，大家一起商量摸索，谁说的有价值，就跟着谁的思路走，兼容并蓄，是一种非常开放的工作坊模式。

规划共识达成之后，就要派活儿了，Aube欧博设计负责做蛇口东部填海区的具体规划。蛇口东部填海区是一个东西很窄、南北很长的带状地。东边是口岸，南边的东侧、南侧都是深圳湾，东南角隔着望海路就是半岛城邦。做中心路规划时，考虑到这块地比较特殊，空间特点都是线性的。从南北东西来看，它都属于一个过渡带，那它扮演的角色，就是一个过渡的角色，得很舒适。Aube欧博设计的思路就是：各个维度的线，各个尺度的线，都要从人的角度出发，要尽量让人舒适，尽量人性化。

基于这个特别朴素的想法和诉求，Aube欧博设计曾经想过沿中心路做绿化带，后来又在绿化带基础上引入一条内河。引入内河的最初的设想是：把中心路一分为二，中间有绿化带，有河流，并且把幼儿园、住宅配套都放在那条河流上，但是因为那块地实在太窄了，交通安全等也不好控制，很难满足规范要求，才取消了在河上建幼儿园的想法，只保留了河流和绿化带。现在看来，中心路地块的规划设计很有特色，从西往东有4个大的条带，西边是高层住宅，中间是那条河，再加上两边各一条路，然后再往东是一条低密度的住宅，容积率大概1.5左右。再往东的话基本上全是学校，然后再往东就是口岸了。当时深圳湾口岸还没有做，还是一块白地。

中心路两侧街道规划也有一个独特之处，那就是统一临街面的现代骑楼风格。

作为东南沿海城镇一种极具特色的建筑物，骑楼从形成至今已有100多年历史。和中国其他诸多的传统建筑不同，它一扫“封闭”“保守”的气质，彰显着开放、平等、商业等蓝色文明的气息。它的崛起、绽放、凋落和重新焕发，仿佛是一部时代的咏叹调。



资料表明，作为一种典型的外廊式建筑物，骑楼的渊源最早可上溯到约2500年前的希腊“帕特农神庙”，那是雅典卫城的主体建筑。现代意义上的骑楼最早起源于印度的贝尼亚普库尔（Beniapukur），是英国殖民者首先建造的，称为“廊房”。18世纪后半期，英国殖民者进入了印度等南亚国家，这些国家属于热带气候，英国人很难适应。为了创造凉爽舒适的居住条件，他们在建造住宅时，采用居室前加走廊的方法，以挡避炎热。随着殖民势力范围的不断扩大，这种建筑模式经由南亚、东南亚、东北亚而至中国。

新加坡的开埠者莱佛士在新加坡城的设计中规定，所有建筑物前都必须有一道宽约5英尺（折合约1.5米）、有顶盖的人行道或走廊，向外籍人士提供做生意的场所。从此，新加坡出现了具有连接的廊柱构成的5

半岛城邦等住宅小区，不断地美好着湾区生活的居住氛围（王东　摄）

英尺宽的外廊结构的建筑。外廊的位置在店屋的前部或一边。典型的还必须包括可供行走的地板，高度至少一层，有挡避风雨艳阳的顶盖。这种连续廊柱形成的走廊，新加坡称之为“店铺的公共走廊”，或叫“五脚气”“五脚基”。这种“外廊式建筑”很快被人们接受，成为印度等南亚、东南亚国家建筑中普遍采用的形式，而且从单边外廊，扩展到双边、三边乃至四边回廊。

这种欧陆建筑与东南亚地域特点相结合的建筑形式可以挡避风雨侵袭，挡避艳阳照射，形成凉爽环境，因此在东南亚十分风靡，随后也传入华南地区。于是，骑楼成为我国海南、福建、广东、广西等沿海侨乡特有的南洋风情建筑。

在蛇口东部填海区的中心路街道两侧对临街商铺做骑楼式规划，主要是考虑到深圳的气候特点，要遮风避雨。白宇西记得，在中心城区做骑楼设计的设想最初是一个美国设计师提出的。1999年，美国SOM设计公司在做福田中心区投资大厦周边“13姐妹楼”的规划设计时，曾经建议主街做南方传统骑楼，但是因为种种原因，这一构想未被采纳。后来我们把这一设想加以消化，用到了南山中心路两侧的城市设计中。

中心路两侧有不少商业，应该建成一个真正适合人居的环境。因为周边配套的商业设施主要都放在这条路上，南北贯穿，是长条形的，所以特别适合骑楼设计。中心路的绿化带、河流一直向北延伸，与深圳人才公园的绿化和湖水融通，水口风口路口视线口都一气贯通，但是中心路的骑楼规划没有向东滨路以北延伸。

深圳的规划设计是面向未来的，深圳本土性、地域性的东西并不很多。至少现阶段，还是非常重视国际潮流的引领，要真正形成自己的性格，还需要时日。深圳湾大桥，深港西部通道，曾经是深圳国际化进程的标志性设施。深圳后海总部基地、蛇口东部填海区的规划设计也是具有国际视野的。

白宇西自己最满意的设计作品是半岛城邦。它有前瞻性的那种现代生活气息，但也保留了东方的人居特征。一个好的设计，不喧闹，渗透到日常生活当中的细枝末节里去，让人觉得很舒服。当然，城市规划的价值要通过时间来验证。好的规划，容错率也很高，可以给未来开发商、业主或者居民，都提供充裕的改造和发挥的余地。对城市规划详细蓝图的控制程度要合适，管得太松不行，管得太严也会扼杀生命力。现在看来，蛇口东部填海区的规划蓝图还是靠谱的。

未来，中心路及后海滨路、后海大道、科苑南路及望海路，会通过深圳歌剧院聚焦。从全球看，在临水突出部安排文化地标特别是歌剧院，首开先河的是悉尼，建了歌剧院，后来奥斯陆、阿布扎比、上海、珠海、哈尔滨……都竞相效仿，深圳显然也萧规曹随了，如何在借镜国际化大手笔的同时，结合蛇口地域特征，形成深圳本土特色，黄伟文和白宇西都有自己内心的期待。

# “mini 联合国”：蛇口“老外”不再陌生

2017年3月，一位来自德国北部城市不来梅哈芬的小伙子选择从上海来到了深圳。他说着一口标准的普通话，配上德语弹舌音，很有一番韵味。他皮肤白皙，因为是大瘦高个儿，走在蛇口街上，格外突出，惹人不得不多瞧上两眼。

小伙子名叫Scor，1989年生人。童年时，他的偶像是位来自非洲的黑人大哥哥。那位黑人大哥在Scor家乡念大学，通过自学，能说一口流利的德语，并对德国文化研究颇深。学习第二语言、体验文化差异成为小Scor心中一件很酷的事儿。

19岁时那年，他从家乡出发独自前往巴黎，学习法语，认识了一起学法语的中国朋友，第一次听到了中文，第一次吃了中国菜“水煮牛肉”，从此陷进去了，与中国文化结下了深厚情缘。他取了个中文名——奥熙。天津是他来到中国的第一站，旅居了大半年。此后，奥熙通过获得大学奖学金，来到上海留学，专门学中文。奥熙很有语言天赋，留学的两个学期里，他不仅练扎实了中文功底，还涉猎了上海话。

奥熙选择深圳，并非出于旅游目的，而是因为毕业后的工作机会。就这样，他从欧洲最大的港口城市之一辗转来到了中国南部的国际化滨海街区。奥熙的故事和经历，可以算作许多外籍人士与深圳结缘的缩影，因工作机会而不远千里迢迢前来，因宜居环境而扎根下来，因爱好、梦想或者美好情谊而不愿再离开这第二故土。

奥熙来自德国，在蛇口，他将自己两大爱好结合在一起，成为一名中文说唱歌手（蛇口境外人员管理服务中心　提供）



搬来蛇口的第一件事，奥熙就去蛇口境外人员管理服务中心做好了境外人员临时住宿登记。

在别处，外籍人士办理临时住宿登记，多是需要前往居住地辖区派出所申请。而在蛇口，境外人员管理服务中心承担了此功能，还提供其他政府相关办事指引、涉外法律服务、社区活动等服务，它是深圳第一家接受公安部门境外人员临时住宿登记权下放、集管理和服务于一体的涉外服务中心。

这是因为蛇口街道单位面积外籍居民数量居全国首位，也是深圳境外居民人数最多的街道，登记在册的境外居民已超8000人，其中6280名外籍人员，1772名港澳台同胞，分别来自106个国家和地区（2020年数据）。截至2020年底，人数排名前五的国家分别是韩国、日本、美国、法国和英国。蛇口境外人员管理服务中心是2017年6月28日开始正式运营的，目的就是为外籍居民提供便利、贴心的“一站式”服务，建设和谐宜居的国际化街区。

2019年，蛇口街道入选深圳市首批国际化街区创建名单。2021年，蛇口发布了《蛇口街道办事处国际化街区建设标准和指引》，标志着全国国际化街区建设有了首个标准和指引。

蛇口受外籍居民青睐的历史，要追溯到改革开放之初。这里汇聚了最早一批外商投资企业、国际石油公司等，外企高管、国际员工也就聚集此地了，甚至形成了“工作在油井，生活在蛇口”“生产在海上，商务在蛇口”的局面。特别是每年的台风季节，石油平台和外轮上的外国员工都要上岸避风。加上蛇口依山傍海，空气清新，特别适合居住，便捷的交通还能方便往返香港，慢慢地相关配套完善起来，物以类聚人以群分，像吸铁石一样，蛇口的大街小巷出现了许多黄头发、蓝眼睛、高鼻梁的外国人，形成了国际化特色。即便后来石油公司陆续搬离，这里仍继续吸引了从事金融、IT、商务、飞行等职业的外籍人士聚居。此外，这里的国际学校各有千秋，各国特色餐吧遍地开花，从事教师、厨师、乐师等职业的外籍人士比例也不小。即使工作单位不在蛇口，出于孩子教育、生活起居、多元文化等原因考虑，许多外籍居民依旧选择居住、生活在蛇口。

除了众所周知的鲸山别墅，半岛城邦、南海玫瑰园、赛嘉公寓、太古城等都是外籍居民主要居住的小区，前几年新竣工的万科蛇口公馆如今也成为外籍居民的心头好。这些住宅大都离海边不远，淼淼海景可远眺放松，滨海长廊可跑步健身。在蛇口，会有一种神奇的魅力，让你不急不躁，人人都可以很放松。这里的外籍居民也不似别处，板着生冷面

蛇口境外人员管理服务中心为辖区国际人才提供服务（蛇口境外人员管理服务中心　提供）



孔，一副严谨、刻板的精英派头，相反，他们大都很接地气。相比起西装革履，蛇口老外更爱穿休闲装，老头衫、polo衫随意一搭，脚蹬一双凉拖，手推一辆婴儿车，海风拂来，吹起发梢，也吹起了嘴角的微笑。

小倩是蛇口境外人员管理服务中心的最早一批员工之一。中心初创时，只有5名员工，后来增加到7名，慢慢才发展至如今比较稳定的12名。小倩做了大量的筹备工作，英语专业过硬，为人又开朗热心，已成为中心的“业务小能手”“搜索引擎”，这是指她熟悉外籍居民在深圳居住、生活、工作等方面可能遇到的困扰和问题，并能给出方向指引。

蛇口境外人员管理服务中心除了宣传和普及中国法律法规，还做了许多文化交流的项目，能帮助中外居民相互了解对方的文化，感受到

蛇口涉外公共法律服务中心是广东省首个涉外法律公益咨询平台，图为中心开展“每月一讲”专题活动



多元的各国文化，最重要的，是能丰富他们的社区生活，促进外籍居民融入社区。比如，“传统中国节日”主题活动，就是每临近中国重要传统节日，比如春节、端午节、中秋节，中心会举行系列活动，让外籍居民体验传统节日的习俗文化；“各国主题文化周”——通过开展以国家为主题的交流活动，让更多的中国居民了解不同国家的历史、宗教、文化，同时增加外籍居民的社区归属感；“一起运动吧”“看深圳”等主题活动，把不同国度、语言、宗教信仰的人凝聚在一起，健身健步，趣味运动，城市观光，或一起逛博物馆、艺术馆，徜徉深圳的公园，走进深圳高新企业、学校等。深圳与外籍居民之间，不再隔着一层神秘的面纱。他们来了，就是深圳人。工作过程中，中心工作人员也和许多外籍

居民成为亲密的好朋友。外籍居民偶尔路过，会像好友串门一样，带上一些表达心意的小物品，比如小盆栽、自己做的蛋糕，或者旅游归来，会专程送来巧克力、纪念品等礼物。

早期的蛇口，一开始没有那么多英文标识，也没有那么多人会用英文交流，所以在蛇口境外人员管理服务中心成立之前，民间有一群专门为想要在蛇口地区定居的外国友人提供向导咨询服务的人员，他们被称为“深圳通”，帮助外国伙伴寻找住的地方，带他们去附近的医院，联系小孩能上的学校，协助日常生活的点点滴滴。Caroline（卡罗琳）就是其中一员。

卡罗琳来自法国，在深圳定居了16年，是蛇口的热心居民，即使回归家庭成为贤内助后，她依旧时常帮助他人，经常给不熟悉情况的外国友人分享当地的便民信息。像一滴水，卡罗琳很好地融入了蛇口这片海，走在街上，与她打招呼的邻里街坊一个接着一个。比起大超市，卡罗琳更爱钻进菜市场里——那里嘈杂，但有着不可或缺的烟火气，能和档主交流。土鸡蛋、胡萝卜、西兰花、洋葱、香菇……卡罗琳在谈笑间买了一堆食材，准备回家做炒饭。



法国菜里没有炒饭，卡罗琳在第一次尝试后，就爱上了它的味道。经过中国朋友的指点和自己的多次摸索，她终于炒出了自己心中的味道。诀窍在于鸡蛋的口感，鸡蛋是先炒还是后炒，是打散了煎炒，还是裹在米粒上，蛋白蛋黄是否分离……出来的味道都会不一样。

卡罗琳觉得，一锅炒饭是各种不同风味食材的有趣融合，就像深圳人来自五湖四海，是他们带来了属于各自的不同味道，让这座城市变得独特起来。

有意思的是，中国佳肴往往成为外籍居民亲近这片土地的最好连接，先有中国胃，中国心也就不远了。

当初奥熙向往中国，也离不开一道水煮牛肉。德国人的吃食习惯

外籍小朋友在“过大年”系列活动中体验中国文化（蛇口境外人员管理服务中心　提供）



是除了骨头没有什么不能吃的，基本会将所有的菜全都吃完。记得第一次去吃水煮牛肉时，奥熙将锅里的辣椒、香料都吃下去了，汤也没有浪费。辣得他直吐舌头，又记忆深刻，自此每周都会去吃。

来到蛇口后，他终于可以随心吃到各类中国菜了，街巷的蝇头小店总少不了他的身影。重庆小面、新疆烤包子、潮汕牛肉火锅……他通过切身体验、细细品尝，在心中绘制了一张独有的美食地图。

当然，在蛇口，也有许多西餐厅。有的装潢华丽，环境高雅，非常符合大众对于高端西餐厅的艺术想象，适合设宴，或者私密饭局。这里更愿意介绍的，是一些能走进百姓日常生活的西餐厅，它们的环境不见

洪杰海鲜餐厅以味道正宗和实惠出名，是国际友人时常聚会的地方

得奢华，但也整洁干净，店内摆设布置都有自己的独特风格，菜名朴实无华，但出品有质量保证，不以珍馐为卖点，以好口碑为经营之道，是外籍居民日常消费、娱乐、交友的好去处。



这些接地气的西餐厅通常都是中外家庭式经营的，或者夫妻档，一方是中国人，一方是外国人，老板通常很会社交，友好热情，是自来熟的性格，跟客人都处成了好朋友，经常加入客人的饭局聊天中，或者一起喝上几杯。他们记忆力强，下次再见肯定会热情和你打招呼。

Willy's Crab Shack就是这样一家西餐厅。Willy's Crab Shack中文名称洪杰海鲜餐厅，位于蛇口石云路上，渔街广场旁边。夜幕降临时，这里会形成一番有趣的画面。餐厅户外的桌椅上座无虚席，一桌桌“老外”谈天说地，或者搞节日派对聚会活动。隔着不远处，就是好几批跳广场舞的社区居民，有的是扇子舞，有的是交谊舞，有的是高强度的燃脂操。不同背景、不同文化的中外差异，就这么共存在同一个时空之下，各自精彩。

洪杰海鲜餐厅以味道正宗和实惠出名。菜品分量很足，人均价格100元左右就能吃得很满足了。日常每天都有指定菜品打折扣、买一送一；每月还会举办“牛排之夜”、BBQ联谊活动，能以极其优惠的价格吃到上好牛排。

那么，它究竟又是哪国风味呢？其实，在这里，你可以尝试到许多国家的味道，美式的、墨西哥的、阿拉伯的、意大利的……光是菜单，就有厚厚的几大本。要问厨师为何有十八般武艺，会做这么多菜式，背后还有个好玩的故事。原来，只要顾客愿意教授厨师一道新菜式，并被列进餐厅菜单上售卖，那么，这位顾客就能终身免费在店里享用这道菜。

商铺的标识是一只蟹的形状，阿拉斯加帝王蟹自然就是它的招牌，曾有食客毫不夸张地评论说，一节蟹爪基本就是一个鸡腿的分量。店里的披萨底皮薄但香韧，用料足，还可以添加黑橄榄，别有风味，刚端上桌，一看，竟有16寸（约53厘米），别嫌大，试过之后，说不定你会想立刻再下单一份。此外，猪肋排也是店里的爆款，吃货会知道，整块的猪肋排其实是很难掌握火候与调味的，如果味儿没调好，会齁甜，如果烤过头了，肉质会很柴。而这里的猪肋排，多汁、鲜嫩，是“食肉兽”不容错过的美味。还有经典的炸鱼薯条，鱼是当天新鲜的，外面的酥皮是厨师现做的，金黄诱人。

位于望海西路南海玫瑰园二期的Boathouse船屋西餐厅，也是外籍居民比较喜欢去的餐厅之一。

在食材上，船屋非常注意保持鲜美，比较原汁原味，其中颇受好评的就是招牌牛扒肉汉堡与沙拉。店内还有烤火鸡，是一大特色，但需要提前预订。另一特色美食是炒饭，饭粒颗颗分明，牛肉粒搭配豌豆子，摆盘颜色好看了，味道层次也丰富了，咸淡适中，添了一点点辣椒，令人胃口大增。受欢迎的还有多作为赠送品的玉米片、布朗尼，稍微多解释一句，布朗尼是一种西餐点心，质地介于蛋糕与饼干之间，它既有乳脂软糖的甜腻，又有蛋糕的松软。

这里的氛围真的很轻松，店内开辟了一处场景式的奏乐区域，有许多乐器，很多吉他就挂在墙上，有些是顾客寄放在那里的。周末晚上，顾客会登台弹琴，或者随意选个乐器即兴来一段，有时大家也会聚在一起，举办小型演奏会。美食、佳酿、音乐，不禁使人暂时逃脱纷扰尘世，陶醉其中。

其实，船屋店面并不大，但有趣的活动一样不落，客人还能在这里玩飞镖。店里还有大屏幕，是看“世界杯”的好去处。依稀记得2018年“世界杯”期间，船屋人潮涌动，大家一边小酌，一边紧张地盯着屏幕，时不时爆出一阵阵欢呼声、呐喊声，手中挥舞着各国的小旗子，

外籍居民参与深圳湾社区端午节中心河龙舟赛

组织国际友人参与“行走蛇口——港珠澳大桥”活动（蛇口境外人员管理服务中心　提供）



进球时激动地互相紧密拥抱，也许上一秒大家还是互不相识的陌生人，那又有什么关系呢？来了船屋，大家都是一条“船”上的了，“同船共渡”。

多种多样的西餐厅，不仅丰富了蛇口的美食版图，也带来了多元的饮食文化。这在酒吧文化上，更是如此。

要厘清深圳的酒吧发展史，首先不得不说的就是蛇口，就是明华轮，就是“蛇窝”。

1983年，明华轮成为中国第一座海上旅游中心，集酒店、酒吧、餐饮娱乐等于一体，而在这多样的娱乐设施中，大家最为感兴趣的，就是这艘巨轮上的酒吧，那绝对是当时新潮的事物，人人都想一睹为快，体

组织国际友人参与“行走蛇口——南水村村史博物馆”活动（蛇口境外人员管理服务中心　提供）

组织国际友人观看“世界杯”篮球赛（蛇口境外人员管理服务中心　提供）

验一番。

直到1987年，蛇口太子路迎晖阁的底层诞生了深圳第一家私人俱乐部性质的酒吧："蛇窝"。很长时间，老板Rosa（罗撒）因找不到一处可以排遣身处异乡内心寂寞的"泡"吧空间而苦恼万分，于是干脆自己造一个吧。他可能也不曾想到，就像打开了开关，转动了供外国人消遣、餐饮的酒吧商机的齿轮，以至于后来慢慢发展成为由海上世界广场起，沿太子路、海景广场、碧涛中心、迎晖阁、迎朝阁，一直到南海酒店，一字排开，一家挨一家，连绵成片，世界各地异国情调的酒吧相继冒出头来，形成规模，漂泊的异国外乡人终于找到了心灵驿站。

曾有这样的评价说，蛇口酒吧街，追求简朴、舒适的家庭气息，不奢华，食品也趋向家庭口味。不像北京三里屯酒吧街的拘谨气氛，句句不离经济、社会等话题，这里的氛围能让人松弛下来，忘记疲惫，舒展身心。相比起充电站，人们更愿意找寻一个休憩站。

酒吧文化开始风靡，各种新型酒吧不断涌现、兴起、衰落、被取代，最后随风而去。2013年，一场序曲正在拉开，国人的精酿品牌开始陆续登台。所谓精酿，就是不同于工业啤酒的手工啤酒（Craft Beer）。绝佳的精酿啤酒很难运输到较远的地方，它们对贮藏温度很是挑剔，也不喜欢被摇来晃去，因此用料和口感上更有保证，恰好符合正在步入"消费之都"的深圳人对高品质的享受需求，于是开始逐渐走红。

深圳也是中国精酿啤酒吧的发源城市之一，涌现了许多本土独立精酿啤酒品牌和啤酒屋。这里着重介绍一间在精酿啤酒圈拥有一定知名度的：Taps啤酒屋。

自2015年7月开业后，Taps啤酒屋便成了深圳资深酒客们的"据点"。酒吧里一边是砖墙，一边是发酵罐，中间有规整的木质桌子，整体风格既活泼轻松，又充满现代感。酒的种类很多，名字取得也有一定特色，如世界末日、黄瓜塞松、蓝莓西打、热情茉莉等。酒都标注了酒精度和苦度，便于客人选择，如果仍纠结不定，店员还会帮忙讲解酒品，推荐适合的口味。配菜小食也完全不逊色，烧烤出品水准高。

创始人Daniel（丹尼尔）来自加拿大，是一名啤酒发烧友，店内产品均是他与合伙人Gavin（加文）及团队独自设计酿制而成的，他们不嫌麻烦奔赴世界各地，采购原料并手工挑选，用于酿酒制作工艺之中，专业酿制不同口味的优质精酿啤酒。

蛇口见证了丹尼尔的爱情、立业、成家之路，在这里，他娶了一名江西太太，生了四个孩子，迄今为止，居住了十多年了，并打算一直长期定居于此。

他不仅是精酿啤酒酒吧的主理人，致力于在中国各地传播地道的精酿啤酒文化，还是一位拥有16万粉丝的YouTube（俗称“油管”）博主，坚持在外国媒体上为中国发声，努力向世界介绍真实的中国。

如今，蛇口不再只是外籍居民工作以求温饱的地方，更是他们追逐梦想、实现自我价值的沃土。

比如船屋西餐厅的常客、来自美国的Dan（丹）就是一位“老蛇口”，他在这里遇见了挚爱，两人结合成为一个中外家庭。从一开始就没有想过会在这座陌生的城市待这么久，到如今再没想过要离开。2018年，丹通过朋友结识了一位重度烧伤的中国小朋友，自此一直热心组织公益活动，进行多次募捐，帮助孩子渡过难关。

来自墨西哥的Nora（诺拉）“白太太”也是一位热心肠，与丹一样，她组建了一个中外家庭，还多次作为蛇口街道的国际志愿者协助蛇口境外人员管理服务中心的活动，用自己的切身经历帮助新来的外籍居民理解当地文化。

还有前文提及的德国人奥熙，就在这里实现了自己的中文说唱梦想。算起来，中文其实是奥熙的第二个大爱好，此前，他最大的爱好一直是说唱，他13岁开始做德语说唱，16到19岁，连出了3张专辑。来蛇口后，他终于将两大爱好结合在一起，成为一名中文说唱歌手，逢人开口介绍，第一句话就是："我是你的德国进口的中文说唱歌手。"

奥熙的中文说唱都取材自真实可感的日常生活，比如与朋友一起去大排档吃炒米粉，为了积累生活经验，他跟大妈一起跳广场舞，也试过凌晨三点出门，记录下这座一线城市真实的夜生活。还独自一人探险深圳各大山川，或者骑单车去到100公里外的惠州。

奥熙深切感觉到，这些经历改变了自己，让一位内向腼腆的小伙，变得越来越外向，爱交朋友，变得喜欢亲近日常生活，生发许多奇思妙想。他曾萌生过在花园里养鸡的念头，但肯定是不被允许的，于是就养了鹌鹑，希望它一个半月能下蛋，谁知道最后发现竟然是公的。他愈发喜欢中国文化，当学会了写"biangbiang面"（一种陕西关中民间传统风味面食）的汉字时，兴奋不已，还学会了"有朋自远方来，不亦乐乎"等诗词；甚至路过各种庙宇时，还研究起对联来了。

奥熙就像海绵一样，不断汲取着生活的滋养，又在作品里释放出来。他用一首《深圳的故事》表达了心中对深圳的爱：爱深圳这座"东方硅谷"，爱这座包容的"移民热土"，也爱这里的糖水铺和冬天能穿短裤的气候。他对深圳有了自己的感悟，在解读"来了就是深圳人"这句口号时，他给出自己的答案：来了奋斗就是深圳人。每当听到有人说深圳是个"文化沙漠"，他会直言不讳，深圳历史长着呢，我们这一代人就是要为深圳建立文化的。

他的作品逐渐出圈，得到了说唱音乐综艺的邀约。看着粉丝一点点积攒，视频播放量不断增多，第一次进棚录影，第一次登上报纸，奥熙都记忆犹新。虽然做音乐也有瓶颈时期，生活有时也陷入困顿，他曾因长租公寓"爆雷"，所有积蓄一下子打水漂，但都咬牙坚持下来了。就像他将深圳的标志性建筑纹在了小臂上，他将深圳放在了心上，即使哪

蛇口国际学校在蛇口街道高中部全景

一天离开了，在深圳历经的一切，依旧会永远陪着自己。

蛇口的老外数量最多的是“三师”：教师、厨师和乐师。乐师常驻酒吧，厨师多在餐厅，教师一般都在国际学校，蛇口的国际学校多。

蛇口的过往，有这样的一幕：下课铃叮铃铃响了，孩子们纷纷走出教室，自由自在地玩耍。此时，同在一所校园里的4名学生却要开始准备上课了。给他们上课的，只有两位教师，他们是一对外国夫妇。

这是1988年在蛇口半岛的育才学校里出现的神奇场面。这4名学生其实就读的并不是育才学校，而是蛇口国际学校（Shekou International School，简称“SIS”）。因为SIS没有校舍，时任育才学校校长陈难先无偿提供了教师办公区五楼的部分场所，作为SIS的教学和办公区域。陈难先为人所周知的，是组建并管理了育才学校，但他对蛇口教育的贡献不止于此。他竭尽所能，接应国际学校落地蛇口、帮助它们处理大小事务。陈难先在接受《深圳口述史》采访时，详细道尽了其中故事。

由“校中校”形式开始办学，可见SIS建校之初的困境。SIS是深圳蛇口第一家国际学校，后被广州美领馆认可为珠三角地区最早、最大的一所国际学校。20世纪80年代中后期，蛇口地区已经吸引、汇聚了一大批外资外企高管员工。城市国际化开始达到一定规模时，就相应地产生国际教育的需求。为解决外籍人员子女上学问题，CACT（作业者集团）、阿科、菲利普斯和阿莫科四家中外合资的石油公司联合创办了SIS。校董会由四家公司派出代表共同组成，校董会主席则由四家公司的代表轮流担任。

4名学生加上两位老师，就是SIS办学伊始的规模。但规模再小，也是来之不易的。“教育拓荒牛”陈难先见证了SIS及蛇口的其他国际学校的发展历程，根据他的口述回忆，我们可以拨开时间云雾，了解深圳的国际化配套教育资源是如何落地生根的。

1989年，SIS就从育才学校迁出了，搬到了蛇口酒吧街。隔壁就是当时热闹非凡、私人俱乐部性质的“蛇窝”酒吧。随着学生的增加、规模的扩大，需要有像样的篮球场地，SIS通过多种途径，终于搬进了鲸山别墅区。得以有各方支持，鲸山别墅区内办学空间还算宽敞，租金低廉，每平方米且仅收28元，这个优惠的价格还是包含了清洁费和物业费的。SIS终于暂告一段颠簸历程，得以专心、稳定发展。如今，鲸山校区是小学部，中学部则设在了南海玫瑰园，是一所真正的社区学校。

陈难先与SIS多任校长、管理人员打交道，结下了许多跨国界的友谊。他回忆，有一任校长名叫Bruce（布鲁斯），是一个美籍犹太人。他听取了陈难先的建议，为SIS办理了注册登记，使之成为深圳第一家合法注册的国际学校。

国际学校在异地落地生根、融入当地发展并不容易。SIS创建时还是改革开放早期，对口的政策仍未出台，有关部门管理也较宽松，SIS未经注册就开办起来了。1997年10月，国务院发布的《社会力量办学条例》施行，SIS虽已是当时广东省内建校最早、学生最多的国际学校，但却属于非法办学。SIS之所以迟迟没有办理注册登记，是因为校董会曾担忧，注册后学校事务可能会受到干预。陈难先的一番话打开了他们的心结："没注册办学属非法，非法状况已持续十余年了，政府干预过吗？没有。既然非法状态下都没有干预，那么合法办学的SIS还会被横加干涉吗？"大家茅塞顿开。在后来的申报上，陈难先也给予了很大的帮助，使得SIS申请文件顺利地获得批准。



国际学校校长的任期为5年。接任Bruce的，名叫Joanna（乔安娜）。在她的带领下，SIS加入了国际学校联盟组织，发展势头很好，学生人数已有百名左右，并经常与全国各地的国际学校联合起来，举办活动，交流学习。

SIS成立以来，石油公司就与位于美国新泽西州普林斯顿的非营利性教育机构国际学校服务公司（International Schools Services，简称"ISS"）签订合同，经营这所学校。ISS成立于1955年，是全球历史最悠久的国际学校管理以及教师招聘业务机构，服务于全球200多所国际学校，SIS历任校长也都由这所机构选派。

随着石油公司经营逐渐本土化，外籍员工比例越来越低、中国员工越来越多，石油公司认为办学支出过大，便将SIS转交给ISS接手，这成为

ISS收购的第一家国际学校。

2002年，Robert Dunseth（罗伯特·邓赛斯）继任校长。这个铁腕人物带领着SIS进入火箭式发展的阶段，在他任职期间，也就是直到2007年为止，ISS学生人数从108名增加到500多名。

深圳成长为具有国际影响力的大都市，深圳教育也实现了历史性飞跃。蛇口作为深圳国际教育重地，资源十分集中，除了深圳蛇口国际学校以外，还包括蛇口科爱赛国际学校、深圳韩国国际学校、深圳深美国际学校、深圳日本人学校、深圳贝赛思外籍人员子女学校、半岛蒙特梭利幼儿园等国际学校。

可惜的是，在这片每2.75平方公里就至少有一所国际学校的土地上，蛇口现有的外籍人员子女学校，均无独立规划教育用地，国际学校始终在办学用地不够的状态中，一点点往前滚动。

如何解决用地难题，进一步形成高端国际教育融合新高地？如何从数量、规模、档次上使深圳的国际学校与城市经济发展和国际都会建设相匹配，让外籍人士在此安居乐业？只有针对国际学校的规划、布局、配套逐步健全后，才能让更多优秀人才扎根蛇口、服务深圳。

蒹葭苍苍，逝水汤汤。**滨海长廊**繁花似锦，芦花摇曳。从**小小渔村**变成『**湾区明珠**』，蛇口只用了三四十年。

# 四

## 特约篇：蛇口的记忆与遐想

# 蛇口私家见闻

文/董韶华

蛇口，于我而言是个熟悉而又陌生的地方。曾经很早就涉足，却一直未停驻，直到2009年从福田搬迁到蛇口安居下来，那些人杰地灵的故事才一一浮出水面，时时萦绕我心。此时此地，跨越数十年的时空，回首那年那月，寻访斯人斯事，也算一识“韩荆州”吧！

## 到得蛇口初识海



初识蛇口，始于1979年2月初春。几个月前，广东省电力工业局为解决宝安地区外贸基地和边防建设用电问题，从香港北角发电厂拆运了5台3万千瓦发电机组旧设备到蛇口，初步选址东角头，急需在工业重地韶关调迁一批老电业干部先行筹建。于是，我便利用假期随单位调干搬迁的货车到蛇口看看。当年没有高速公路，汽车一大早从春寒料峭的粤北山区开出，一路向南，经国道、省道，在东莞借助渡轮过江，颠簸十几个小时，过了南头就看不见公路了，大片茂密的荔枝林如拦路之虎，让我们进退不得。最后，在当地人的帮助下，一路拨开树枝，左转右绕，直到夜幕降临才到达位于蛇口湾厦村边的宝安电厂工程筹建处——一座废弃的老庙。

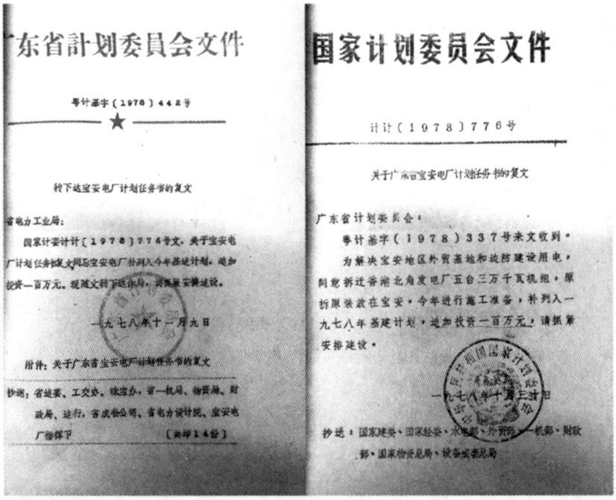

广东省計划委員会文件

粤计基字〔1978〕442号

转下达宝安电厂计划任务书的复文

省电力工业局：

国家计委计计〔1978〕776号文，关于宝安电厂计划任务书复文同意宝安电厂补列入今年基建计划，追加投资一百万元。现随文转下达你局，请抓紧安排建设。

一九七八年十一月九日

附件：关于广东省宝安电厂计划任务书的复文

抄送：省建委、工交办、珠宝办、省一机局、物资局、财政局、建行，省成套公司、省电力设计院、宝安电厂指挥部　（共印14份）

国家计划委员会文件

计计〔1978〕776号

关于广东省宝安电厂计划任务书的复文

广东省计划委员会：

粤计基字（1978）337号来文收到。

为解决宝安地区外贸基地和边防建设用电，同意拆迁香港北角发电厂五台三万千瓦机组，原拆原装放在宝安。今年进行施工准备，补列入一九七八年基建计划，追加投资一百万元，请抓紧安排建设。

一九七八年十月三十日

抄送：国家建委、国家经委、水电部、外贸部、一机部、财政部、国家物资总局、设备成套总局

筹建宝安电厂的历史文件（董绍华　提供）

湾厦村是个靠海吃海、亦渔亦农的小渔村，破败的民居掩藏在一排排疏疏密密的木麻黄防风林后面，林子前就是大片的滩涂与长长的海岸线。当晚，我们被安置在沙滩上临时建造的简易房里，枕着波涛入眠。

第二天一大早，朦胧中我被涨潮声拍醒了，一激灵翻身跃起。嗨，看海去！打开房门，眼前水天一色，都是灰蒙蒙雾茫茫的，全然不见“蓝蓝的天，蓝蓝的海”，只有一个渔人支着一张方网半身泡在浅水中捕鱼。

这就是海？这真是海么？！我满脑子疑云，跑到水边用手掬了一把品尝。舌尖一碰，苦涩咸腥，立马喷啐。啊，真的是海水！如假包换的咸海水！第一次亲见亲临的大海就这样打破了我对大海臆想多年的蓝色梦幻。

这时，天已大亮，渔人上岸，把刚捞起的鱼虾倒入红色塑料桶中，我顺口问了一句：多少钱一斤？渔人打量了我一眼，估摸着我是电厂新来乍到的女孩，口袋里没什么钱。就说：你要就拿个脸盆来吧，送给

你！我还未反应过来，他努努嘴又说：我们都是拿到对面去卖给香港人的。我又惊又喜，马上回房拿了个大脸盆，他爽快地把整桶鱼虾全倒给我。我连声道谢，兴高采烈地端到厨房，交给阿姨煮了一大锅无比鲜美的鱼虾粥。这一顿刚上岸就下锅的生猛海鲜粥，至今想起，依然齿颊留香。

20世纪70年代末期，正是蛇口黎明前的至暗时分。村民生活太穷困，出工一天挣不了几毛钱，不少水性好的年轻人冒险“督卒”（偷渡），游过海湾到香港谋生。那时，蛇口的几个渔村基本见不到青壮年，除了妇孺老弱和村支书，没几个男丁留守本村。沿海长长的滩涂上，退潮后总能看到蓝的绿的塑料吹气枕头和救生圈，泅渡者的衣物鞋履散落在遍地开紫花的马鞍藤中，不知人是死是活……

那时，我们住的电厂筹建处临时宿舍没有电视，整个湾厦也只有生产队队部有一台小彩电。按捺不住好奇心，我挤在一群湾厦妇孺中看了一晚传说中的“香港电视”。当晚收看的是“丽的”电视台的《鬼古》节目，我眯着一双近视眼站在后排，只看见屏幕上面目不清的倩女幽魂飘来晃去，不似聊斋，胜似聊斋。

当年的蛇口，是个农、渔、蚝三民共居的小圩镇，8个村（队）连同为数不多“吃国家粮”的居民，人口不过3000人。渔港旁有个4万平方米的晒鱼场，每天可晾晒1000担海鱼，所到之处，大头苍蝇嗡嗡飞，空气中飘浮的鱼腥味浓得化不开。一条百余米长的老街，集中提供蛇口人的全部消费需求：一个小小的理发店，几家国营的粮油所、供销社、百货店、食品门市、水产站，还有一个专为流动渔民服务的渔需品站。不时有港澳船只、外海过客上岸补给，采购柴油、火水、渔具、饼仔等物品。印象中，门面最大的日杂门市部，横七竖八的扫把竹筐、杂货瓦罐摆满门店内外，让人无处下脚。值得一提的是，尽管当地居民收入不高，村民普遍贫穷，但穷归穷，老街却有一家1954年就开张的国营“蛇口茶楼”，常有流动渔民上岸歇脚，一角钱“一盅两件”（一壶茶两笼点心），饭量大的就再加一角钱猪肉粥，管饱！

走出老街，南面就是避风塘、晒鱼场。极目远眺，伶仃岛在一片汪洋中叹零丁。

## 徒步穿越旧机场

一日看尽"蛇口圩"后，我与朋友便打算去深圳（此处指今东门附近）看看。

从蛇口汽车站到深圳汽车站大约30公里，每天只有两趟班车，上午下午各一趟。我们坐了近两个小时的公交车到达深圳罗湖，深圳老街两旁是低矮破旧的骑楼式民居建筑，有一个南塘市场，没几家商店，商店里也没多少商品，不用一小时就逛完了。那时，深圳戏院与工人文化宫乃是本城人气最旺的城镇文化中心，但也看不见多少行人。我走过对面进了一间光线幽暗的特产商店，除了宝安特产"猪油糕"外，似乎再无别的特产。只好挑了两盒红字油纸包装的"猪油糕"做手信，又逛到新开的旅游纪念品商店，买了一个最新潮的香港立体画片留给自己做纪念。返程时，错过回蛇口的班车，班车只到南头。司机途中让我们在最靠近蛇口的一个加油站下车（位置大约在深大粤海门客舍旧址），说穿过那个旧机场就可以到湾厦了。那天风和日丽，没有路，我们便顺着旧机场那条沿海架设的引水渠步行回蛇口。这是一个抗战时期修建的军用机场，废弃多年，杂草丛生，间或有几座乱坟。我们一开始还兴致勃勃，深一脚浅一脚边走边玩，从红日当空走到日落西斜，走得又渴又累，衣裤鞋袜沾满了干枯的"刺刺球"，大冬天也热得汗流浃背。五六公里路约莫走了两三个小时，终于赶在天黑前回到湾厦的宿舍。路上，我主意已定，不调迁蛇口了，尽快返回韶关准备参加七月的全国高考。

## 起个大早赶晚集

1979年前的蛇口，仍是边防半禁区，除了当地人与边防海警，没有任何外来机构。搞基础建设必须“兵马未动电先行”，宝安电厂筹建处是最早进入蛇口的“先行官”，南头半岛大片山地与9个海湾任其选择。筹建处曾在湾厦征地94亩，每亩青苗补偿费230元。先头部队选了废弃的湾厦小学操场，堆放从香港拆运过来的5台3万千瓦燃油发电机组设备，落地后才发现先行选中的东角头港水深不够。况且燃油发电成本太高，是火力发电的3～4倍；改烧煤吧，火力发电用水和废渣处理都存在很多难以解决的问题。更重要的原因是，1979年1月31日大年初四，春节后的

1985年蛇口东角头港区

第一个工作日，主持国务院日常工作的李先念同志批准香港招商局选址蛇口并成立蛇口工业区。很快，招商蛇口工业区掌门人袁庚同志从赤湾港到南水村周边，沿着大南山山脚，将半个蛇口拦腰划出了2.14平方公里，助力建设中国改革开放的“试验田”。如此一改，1978年广东省电业局决策筹建宝安电厂的初心就不能满足中共十一届三中全会后的发展需要了。尽管后来根据国家计委计燃〔1979〕288号文，同意宝安电厂升级安装2台12.5万千瓦机组，但已错失良机。几个月后，蛇口工业区开山炮一声巨响，所向披靡，从此占尽先机。宝安电厂筹建处“起大早赶了个晚集”，再回头已无深水良港了。

蛇口方七日，春雷震五洲。我在蛇口游玩的那几天，正是蛇口“见

2000年蛇口全貌（霍维新　提供）

龙在田”蛰伏待飞前夕。1979年1月28日至2月5日春节期间，邓小平同志出访美国，这是中美建交以后新中国领导人第一次访美，中美关系迈出了划时代的一步。几乎与此同时，袁庚同志也接到同意成立蛇口工业区的批复文件，连夜向广东省委书记刘田夫请求解决工业区的用水用电问题，甚至提出了粤港电联网的构想。50多天后，时任香港总督的麦理浩访问北京，邓小平代表中国政府第一次阐述解决香港问题的立场和态度。于是，蛇口工业区这根小小的“试管”，很快就催生了深圳、珠海、汕头、厦门四个经济特区。



而在历史的另一个角落，筹建中的宝安电厂因各种原因，历经缓建、停建最终搬迁，筹建处成了留守处，湾厦花果山94亩征地大部分转手蛇口工业区，只留下了一座8层楼的电业招待所，一楼铺面出租，其他楼层一半做成职工福利房，一半做成办公室、招待所。湾厦小学操场上的5台3万千瓦发电机组，能卖的都卖了，不能卖的已锈成一堆破铜烂铁。电厂重新选址东莞沙角，即后来证券市场的（000539）粤电力A。我不知该不该庆幸自己当初做了立马转身去考大学的决定，或若搬迁沙角后，咱成了“生猛的东莞人”，生命的轨迹会不会是另一番模样？

冥冥之中，大时代风云下，月亮的脸偷偷地在改变，小人物的命运也在不知不觉中被改变。

## 再访蛇口万象新

再到蛇口，已是我大学期间的第三个暑假了，还有一年就毕业，我有必要再去看看。

从广州到深圳硬座普快票价3.1元，到罗湖后还要坐两个小时的巴士才能到蛇口。

几年不见，蛇口公社的水湾头、南水村已率先并入蛇口工业区，征地村民中不少年轻人已变身工业区合同工。湾厦在党支部书记莫锦华的带领下，于这一年结束了农业生产，“洗脚上田”，靠出租厂房获得良好收益。走进湾厦人的客厅，家家户户组合柜上都摆放着一台大彩电，村民再也不用挤在队部看电视了。

蛇口工业区建设更是初具规模，区内完成“五通一平”，嘴头山山顶建了微波通信站，数百家三资企业平地而起，“飞龙在天”。得知工业区缺少购物商城，三资企业员工新领到的薪水中有部分外币无处可花，袁庚同志便游说人称“马太”的香港女企业家陈惠娟，双方各出资百分之五十，合资52万元创建了国内第一家外币商店——蛇口购物中心。谁也没有想到，开张第一天就狂销150台彩电、500台电风扇，几乎清空全部库存，当天的营业额基本冲抵了全部投资。我也在购物中心买了平生第一支口红，“Fang”牌，因为译成英文有蛇的“毒牙”之意，结果出口转内销，外汇券1角钱一支。还买了一件剪裁修身的进口薄呢西装短外套，6元外汇券，美滋滋地穿了六七年。

外汇购物中心的商品质高价廉，蛇口市场的海鲜更是便宜。一斤大红杉鱼三五角钱，海虾几分钱，小鱼小虾没人吃，都是用来喂猫的。但一棵供港转内销的包心西生菜却可以卖到人民币5元，菜心、芥蓝也要四五块钱一斤。吴南生就任深圳市委第一书记那年，从潮阳老家急调了一批菜农来解决蔬菜价格高的问题，但这批菜农到了深圳一看，遍地商机，没干几个月就把菜地转包给新来的老乡，自己弃农经商了。所以深圳各区的菜市场，潮汕商贩比例很大。我现在住的小区有个邻居，就是蛇口市场卖水果致富的潮汕人，她的父母也许就是当年的菜农呢！

1983年，我以大学应届毕业生的身份到深圳市教育局报到。那时，蛇口育才学校刚创办，求贤若渴，到处抢人挖人，家里长辈也希望我到蛇口。但小渔村的印象实在太强烈了，我又一次转身，执意留在“市区”。

## 乐居蛇口续前缘



虽说蛇口包括工业区都在“二线关”以内，但蛇口人似乎一直把自己定位在深圳市区以外。二三十公里的距离，因那时交通不够便利，在“市区”工作的我们，只有节假日才得以到蛇口看看老人、看看海。

我毕业那年，蛇口碧涛苑别墅刚竣工，两排60多栋面朝大海、独门独院的双层花园别墅，独享太子湾的阳光沙滩。这是新中国成立30多年后兴建的第一个私家海景别墅区，港元标价，30年产权，以外销为主。我忍不住溜进去窥视了一番，一楼客厅厨卫工人房，二楼主人居所三房两卫，前后都有花园，建筑面积不足200平方米，售价约80万港元。1983年港元还处在自由浮动的“无锚时期”，汇率一度走贬，100港元约兑换25元外汇券。那年英国（香港）大东电报局与深圳电信合作，注资2000万元成立国内第一家合资电信运营企业——深大电话有限公司，深圳占股51%，大东占49%，深圳特区内经营的所有公共电话业务，包括国际国内、港澳长途全部交由深大电话运营。大东公司踌躇满志，一口气买下了6栋碧涛苑别墅，提供给港英方高管居住。

我第一次见识这么一大片漂亮洋气的海景别墅，每一栋都有着厚实的麻石外墙、琉璃瓦屋顶、铸铁门栏，暗自羡慕不已。但我刚到深圳工作，月薪加边防、物价等各种津补贴才200多元，大赞几声就不作非分之想了。

一晃20多年过去，我家先生为了方便照应日渐年迈的父母，就想在老人家附近购置一处居所，有事可以随叫随到。也是有缘，得知半岛城邦预售，跑到现场一看，正是当年我在蛇口山边留影的那片海。

蛇口山海拔42米，山体一半在陆一半绵延入海，大小礁石密布山边海面，灌木丛山岩缝里长出，是附近村民取石养蚝、打柴生炊的必到之地。1995年，开发商把半座蛇口山劈开填海造出了半岛城邦地块，按当时的规定要沉积近10年才能盖楼。2006年半岛城邦开盘，楼价比我们预期的要高，大户型每平方米在1.7万元上下，但因为太喜欢，还是忍痛卖掉股票交付了首期。如今，我们从福田移居半岛城邦也有12年了，做梦也没想到，这个40年前无意中拍下一张照片的海湾，竟成了我的将养之地，而那个一见钟情的碧涛苑倒是从指缝中走宝（**粤语，意为错失**）了。

2002年，深大电话公司中英双方为期20年的合作协议接近期满，磕磕碰碰多年，大东决定彻底退出，要提前把名下物业资产推向市场抛售。住在蛇口多年的谭太从《蛇口消息报》的报缝看到碧涛苑的出售广告，电话询问有6栋待售，前排红瓦屋顶别墅120万港元，后排蓝瓦别墅100万港元一栋，她便挑了一栋红琉璃瓦别墅，当即把3万元定金直接汇入大东公司的香港账户，历经半年才完成易主过户手续。这年港元兑换人民币的汇率约为100：106，20年间，港币升值3倍多。由于房子带租约，房款交清后，每月就有8000元人民币租金收入，后来水涨船高，也就一直放租。当年碧涛苑的业主与租户，除了著名影星刘晓庆外，多是香港商人、外籍人士和私企老板，是一个典型的华洋杂居的社区。据说有一位长居蛇口的新加坡籍住户，特别看好碧涛苑的房子，一有房源和“余粮”就买进，十几年间陆续持有7栋别墅。

我到蛇口后才得知大东抛售的事，自然追悔莫及，再问楼价已涨到1000多万元了。如今，势必又翻了一番吧！

深圳就是这样神奇的地方，机会总是在不经意间冒头，又会在众目睽睽之下溜走。而身居深圳最大的国际化街道的蛇口人，总会以自己的方式写下不一样的故事。

## “蛇口佬”周游列国

无疑，首开先河的改革开放“试验田”给蛇口带来了巨大的变化，但最大的变化还是人心。

与陈锦卿相遇是在博罗一个朋友开的农庄，饭桌上知道彼此都来自蛇口，她全程见证了蛇口的迅猛发展。我说她是真正的“老蛇口”了，陈小姐立马纠正，说：“不是老蛇口，是蛇口佬！”话音刚落，举座欢笑。



那时，陈小姐周游列国刚回来，引发我关注的是她有异于一般原住民的超前观念。

陈锦卿原籍深圳沙井人，年少时随父亲工作调动从南头来到蛇口，家中姐妹兄弟6人，两个姐姐一个哥哥两个弟弟，她排行老四。比她大的哥哥姐姐早年躲在过境渔船的暗舱里去香港谋生了，比她小的五弟14岁时偷渡成功。后来海警巡查严密，乘船渡海难度加大，她就趁暑假海水较温暖季节，把浮标绑在腰间偷渡了几次，都被抓了回来。每年9月开学时，老师一看班里座位空了几个，就知道又有学生“督卒”对岸了。3公里阔的海面，对于这些土生土长，从小就在海边玩耍、海水泡大的“蛇口佬”而言，游过去不是问题，被抓回来也是常事。

陈锦卿与大儿子在蛇口（陈锦卿　提供）



从南头中学毕业后，陈锦卿就进了国营蛇口水产公司，工作四年，换了三个工种，出纳、采购、厨房后勤都做过。那时，蛇口工业区的开山炮早已炸响，不安分的个性让她总想尝试自己还能干些什么。

20世纪80年代初承包风盛，公司打算把属下的陶瓷店让员工承包，开出每年上缴1400元的竞标价位。结果竞争者众，陈锦卿势在必得，紧紧咬定不放手，标价无理性攀升10倍，直到14000元才打住。陈锦卿赢了，但也输了。当时，她连进货渠道都不清楚，仅凭意气用事拿下这个陶瓷店。但开弓没有回头箭，陈锦卿只好关门出外学习进货。

随着蛇口工业区三资企业如雨后春笋般冒出，三洋、凯达、陆氏等公司的流水线招收了大量外来妹，每逢工休日，女工们挤在小小的理发店门前排队剪发。陈锦卿一看是个机会，马上借了2000元开发廊，并把在香港做发型师的五弟电召回蛇口带徒弟。后来，看到隔壁商铺服装生意好，利润大，又果断租下门店卖女装。

那年陈锦卿20岁出头，身高一米七，嫁给了一个早年“打烂渔船上岸”落脚渔二队的海丰人，生下一个儿子。她从水产公司停薪留职出来后，向老公借钱做生意，老公不同意。结果老公留下儿子，两人结束了这段仅仅三年的婚姻。

从此，陈锦卿发愿要寻求致富之路，自立自强，不依赖任何人，要凭自己的能力做到经济独立，财务自由。

1988年城市更新改造中，陈锦卿所租下的商铺要拆除改建，她便利用这段时间去广州学习美容美发新技术。学成归来后又借了3万元在原址升级美发店，更新了四张美发转椅，增加了两张美容床。20世纪90年代开始，蛇口的美容美发业竞争越发激烈，靠老的经营模式已经跟不上时代的潮流了。陈锦卿听说香港美业服务理念新潮管理先进，便到香港拜一个台湾人为师，学了三个月才回来。



香港美业服务包含美容、美体、美发三大块，美容业的赚钱诀窍是一方面做美容护肤服务，一方面销售高端美容产品兼开培训学校，卖产品、办培训最赚钱。陈锦卿回来后，马上着手创办南头第一家美业保健培训学校，每期招收学员集中学习1～3个月，学费1500～5000元，持续为行业培养与输送较高技能的从业人才。接着开张南头最大最豪华的“美都”美容美发店，兼营足疗按摩、理疗保健等项目，公司渐渐发展为一家集美容美发、足浴保健、中医理疗、棋牌茶道、美食养生于一体的综合性休闲娱乐连锁店。

这期间，她的第二次婚姻也开花结果了，第二个儿子呱呱坠地。这段与基层公务员结合的婚姻存续了五六年，终于不敌“七年之痒”，在2000年无疾而终。

从此以后，陈锦卿决定，要活出自己的精彩！爱情可以继续有，但她不再需要婚姻了。虽然她也认可，她的每一段婚姻都给她带来过幸福的片段，也曾是郎情妾意相互中意，但那不是人生的全部，更不是人钱交易。苦辣酸甜尝过后，她生发了一个放下一切、走遍世界的心愿。

新千年的陈锦卿，虽失去了婚姻，事业却越做越旺，各种荣誉接踵而至。先是被评为深圳南山区第四届“十大杰出青年”，加入了中国共产党，后又担任深圳市南山区政协委员、南山区总商会副会长、南山区美容美发商会会长。一串串光环下，陈锦卿日益活跃，更加热心参与公益活动，捐资十多万元援建贫困县连山“希望小学”，以感恩之心回报社会。

直到2015年，深圳在某娱乐场所发生了一起火灾后，严令各区加强对娱乐场所的安全意识，消防检验更是按高标准、严要求检查，很多桑拿洗浴场馆早年的消防设施已不合规，不经大整改就不可能通过检查。此时的陈锦卿，一身兼任了很多社区义务，忙得不亦乐乎，便顺应时势关闭了自营店铺，公司交给弟弟，自己准备退隐江湖，走遍天下。

这时，一个通晓五国语言的瑞士籍加拿大男友来到她身边，两人一拍即合，稍作准备，立即启动引擎“潇洒走一回”。他们结伴同行，租车自驾，AA分担费用。首站走遍欧盟，而后美国、加拿大、澳大利亚、新西兰、日本和东南亚各国，花了两三年时间，深度游历了半个世界。

我们初遇时，她刚回国内休整。没想到第二年就碰上新冠肺炎疫情，各国防疫抗疫，国际航班停飞，人人自我隔离。陈小姐还有半个地球的“未了情”，只好无限期搁置。

问陈小姐这几年与外籍男友行走世界所得，她说英语日常口语基本能沟通，但最大的收获是开阔了视野，懂得在中外对比中找出自己的差距，并在社区工作中学以致用。比如把自家闲置富余的旧书旧物拿出来供需要者循环使用，比如把独立自信自强自立的观念融入血脉，即使与比她大8岁的老外男友同行，她也坚持自我，不依赖不依附，绝不做“挂在脖子上的安娜”。她自豪地说，如果自己把自己当弱者，那就永远都是弱者。言谈举止之中，不减当年飒爽英姿。

面对这个幸得风气之先的“蛇口佬”、生于斯长于斯的“女汉子”，敢问：谁说女子不如男?!

## “丑小鸭”蛇口蜕变

当初，罗英走出江西吉安时绝对没有想到，仅仅20多年，她的生命之花会在蛇口绽放出如此美丽的色彩。

18岁时，罗英在老家做泥水小工挣了100多块钱，瞒着家人跟着老乡偷偷跑到东莞，进了一个玩具厂打工。一年后，随朋友转行到惠州西湖宾馆中餐厅。20世纪90年代初，在星级宾馆当服务员挺体面的。作为唯一的外地人，罗英毫无怨言包揽了本地服务员不愿做的脏活儿累活儿，很快就从打荷、推餐车转做楼面服务员，一年后升任中餐厅部部长。



一个偶然的机会，朋友约罗英到深圳玩，路过深南大道，她抬头望着高耸入云的地王大厦直咂舌，天呀！登上这楼顶可以看到天了吧?第一次走到寰宇大酒店的自动扶梯旁，她手足无措，竟然不知道怎么迈步。繁盛的深圳就如一个挡不住的诱惑，让罗英心生向往，发誓一定要到深圳来。

香港回归半个月后，罗英辞去惠州的工作，经老乡介绍来到深圳火车站附近的酒店做餐厅服务员。一天晚上，陪同一起合租房子的老乡到楼下美容店扎耳朵眼儿，美容店女老板看她满脸痘痘，便游说她祛痘焕肤。正为满脸青春痘烦恼的罗英心动了，但囊中羞涩，老板就说给她优惠价，3500元，两三个月做好，还可以分期付款，罗英便答应了。没想

罗英初到深圳时（罗英　提供）





到涂抹焕肤祛痘药膏后，皮肤严重过敏，满脸红肿，持续半年不见好。工作丢了，银行卡里的钱只出不进，房租每月要分担700元，吃饭、交通最省也要几百元，打工多年积蓄的八九千元很快就要花光了。无钱无工作又无处可去，罗英只好整天待在美容院，买两个最便宜的东北大馒头含着眼泪吃一天。女老板看她实在可怜，就说，不如你就在美容院一边做饭一边学美容，头一个月不收学费但也不发工资。罗英同意了。天性勤快的她见什么做什么，用手洗毛巾洗到双手脱皮，每次洗一大盆毛巾可得10块钱。这期间，她总是最早一个到岗，最后一个离店。干了一个月，女老板很满意，眼看春节就要到了，就给罗英发了1000块钱。罗英不肯要，坚守第一个月你不发工资我不交学费的约定。最后，老板过意不去封了一个大“利是”给她。

所谓福祸相倚，这次治痘踩坑顺势把她带入了美容业。其他同事嫌脏嫌累的活儿她都抢着干，顾客有时给她小费，朴实的罗英一分不少全部交给女老板。虽然她很缺钱，也知道客人的打赏可以自留，但她感恩女老板在她最困顿的时候，给她一份工作，让她学会了美容服务。

罗英的父亲在老家镇上当工人，母亲务农。上有一兄一姐，下有一妹。从小她就觉得自己又笨又丑不得父母宠爱，只有“五戒”长斋的奶奶当她是亲生的。她在村里读小学时，算术总是学不会算数，成绩总也不及格，只好连年留级，一再复读，五年制的小学她读了八年才勉强毕业。

也许不受宠的孩子更能吃苦耐劳，罗英到哪里都抢着干活儿，自带谦卑，不怕吃亏。女老板在南山开新店时，就让她当了主管，月薪3500元，外加业绩提成。罗英全力以赴，里里外外一把手。结婚生子后，女老板要她尽快复工，许诺给她17%股份。后来新店效益大增，女老板见状不肯分红了。罗英最不能容忍的就是失信食言，只好告别前后跟从了十年的女老板，自己在蛇口天骄华庭接手了一家行将结业的芭莎美容店。

在深圳足足吃了十年苦的罗英，2008年在蛇口开启了自己做老板的创业之路。因为“懂得”，她的美容店很纯粹，特别注意精选护肤产品，服务内容仅限女客美容美体。她把家乡的女孩一个一个领进门，以父母之心将心比心对员工。设立孝顺基金，每月200元，直接打到员工父母银行卡里；设立子女教育基金，一孩每月200元，二孩再加100元，也是打给帮助照看孩子的父母公婆。钱虽不多，但表达了老板的一份心意。这样一来，不仅有助于留人留心，就连员工的去留家人都会很关心。

记得罗英跟我说过，她刚从老家出来那年，感冒发烧到医院开了一盒药，因文化程度太低，看不懂医嘱“早中晚各一粒”是什么意思。到深圳仅仅二十多年，今天的罗英早已令人刮目相看。事业成功后，她更珍惜每一个学习的机会，不仅注重提升自己，还把员工送到北京、广州进行专业培训。她的儿子凭优异的成绩，考上了香港大学精算专业。她说，是深圳是蛇口，给了她一切！是员工是同事，成就了今天的自己！蛇口就是她的福地，她的三家店都开在蛇口。她虽是香港身份，但常年安居蛇口，并动员她的助手卖了龙华的房子，重新置业蛇口海境界小区，首付钱不够，她爽快地帮助解决了一部分。上善若水，大爱无疆，店里的老员工无论是修建新房或家里老人有病住院，罗英总会有所资助。她相信有舍才有得，舍就是得，自己能够帮助急需帮助的人是一种福报。

最近，罗英又在考虑员工内部持股的问题，她想把三家店的总毛利都拿出几个百分点给员工分红。她对手下的40多名员工说，这份工作不一定能让你发财，但能让你自食其力。

还有两年“知天命”，但罗英早已知之：做人做事都要有一颗感恩的心。



## 此心安处即吾乡

“狮迈”面包咖啡坊的老板Sim（西姆）是新加坡人，祖籍福建。1988年由新加坡派驻蛇口赤湾某合资石油公司。那年，他已37岁，亲眼见证了蛇口的楼宇越盖越高，见证了蛇口日新月异的变化。在蛇口工作多年后，结识了很多朋友，习惯了这里的环境气候，Sim对这片热土日益眷念，萌发留居蛇口的意愿。但一个外国人结束外派工作后在蛇口靠什么生活呢？想到外国人天天离不开咖啡，蛇口老外多，那就开一家咖啡店吧！2004年12月，Sim投资50万元，独资注册成立狮迈餐饮服务（中国）有限公司。第二年，狮迈咖啡店（Sim's Cafe）正式开业。“狮迈”

“狮迈”面包咖啡坊的老板Sim切新鲜的面包请大家品尝（董绍华　摄）

是Sim的港式译音，我觉得这真是个妙译，比通译“西姆”更恰切，这个中文店名，既自带淡淡的狮城血统，又蕴含着主人离别狮城“而今迈步从头越”的气概。



狮迈单卖咖啡的生意并不好，咖啡店当初选址蛇口工业七路四海公园附近，周边本地人居多，没有喝咖啡的习惯，从2005到2008年，四年净亏八九十万元。这时，Sim已经结束了外派工作，看到外国人主食喜吃面包，但所有超市的面包都很甜，老外不爱吃，糖尿病患者不能吃，于是Sim就想增加糕点面包，朋友们也挺支持的。但彼时的Sim不懂烘焙，他买来各种原料对着书本一遍一遍地学着做，和一位德国朋友一起天天研究、比较试验用老面发酵，一半水一半面，和好后仔细观察。第二天切去一半面团，再加一半水和面，周而复始试到第十天，终于成功了。十几年来，这块老面种一直用到现在。很多住在蛇口的老外都知道，狮迈的面包不用防腐添加剂，不加砂糖增味剂，坚持用自然发酵方法，采用天然食材原料制作糕点面包。Sim说，他从配料选材、发酵醒面到加温烘焙，往往要花费30多个小时才能出炉。

2009年，我从深圳福田区搬居蛇口，早餐吃的第一片面包就是狮迈的法棍。10元一根，斜切成小片，一口咬下去，纯粹天然食材的味道，不甜不咸，韧香有嚼劲，就着鲜奶咖啡，绝配！这种零添加无防腐剂的原味面包很是迎合外国人的口味，所以蛇口有老外聚居的小区，超市每天都进货狮迈法棍。但出了蛇口，深圳其他地方就难以买到了。此后，我家多年来的早餐就认定狮迈，很少吃别家的面包了。与大超市的面包不同，狮迈的面包两三天吃不完就会发霉。我曾经买了一袋4个装的贝果（Bagel），没及时吃，第三天打开一看全长霉点了，只好抛下海喂鱼。

Sim对“零添加”的坚持达到了极致，亲自配料，亲自监制。为了不折不扣贯彻这个主张，他不用经验丰富的烘焙师傅，只招收有兴趣无经验的生手亲自培训、亲自调教。因为他觉得在一张白纸上画画要比修改图纸容易得多，固化的思维定式必然造就本性难移。现在，退休后继续留在蛇口的Sim，天天泡在海上世界太子路振兴大厦的面包坊里十几个小时，做做面包，喝喝咖啡，听着英文歌，细品自调的桂皮茶，不时根据客户的需求，不断推出新品种；有针对糖尿病患者的无筋面包，有东南亚风味的天然香料面包……每天大约要用去面粉100斤。因为狮迈出品的新鲜面包不隔夜，为避免浪费，大部分面包需要按订单下料。交谈中，正好有餐饮公司给Sim发来面包配方单，要求按单定制一批面包。Sim一看配方有防腐剂等化学原料，当即对我说，不接这个单，不会给他们做。

Sim今年已是古稀，他想回福建寻根，但又说不清原乡在哪里。从三十多岁派驻新疆克拉玛依之后又派驻蛇口，他曾自驾穿越浩瀚的大沙漠，又亲历蛇口奇迹般的巨变，Sim最丰富的生命体验都是在他的父母之邦——中国完成的。他的人生历程也有三十多年在蛇口。蛇口有他的朋友圈，有他的面包坊，有需要他的外乡人，有可以慢慢回味的旧时光……

人生一世何处去？此心安处即吾乡。

## 大南山下有名师

丘英宏先生与夫人张老师住在蛇口鲸山一座带有小塔楼的独立别墅。在他们的精心打理下，小院四季杂花生树，姹紫嫣红，青藤沿着粉墙爬满窗棂，不时飘出的悠扬琴声，袅袅绕绕盘旋在大南山山脚下。

丘英宏先生出身于音乐世家，4岁起就在父母的启蒙下学习钢琴，继而跟随著名音乐家黄晓同、严良堃、李德伦、殷承宗等大师学习指挥、钢琴、作曲，并先后留学英美。在奥地利深造期间，师从维也纳国家歌剧院首席指挥和指挥教育家利奥波德·哈格（Leopold Hager）教授。经多年国内外名师亲授指导，丘英宏先生以钢琴家和指挥家的双专业优势，1997年从香港来到蛇口开启他的音乐教育生涯。

梧桐花盛开，自有凤凰来。香港回归前后，蛇口独特的钢琴艺术氛围陆续吸引了一些在国内乃至国际上具备较高知名度的钢琴教育家在此落户。这个小小的半岛，平均每一平方公里就有一家专业琴行和音乐培训机构，每百户家庭就拥有13架钢琴，密集程度居全国之首。几年前率先从上海音乐学院调迁蛇口的张老师，萌发了开办钢琴艺术培训中心的想法。一开始她想让自家先生担纲，但丘先生那时兼任港深多地乐团指挥，无暇顾及，便诚邀著名钢琴教育家但昭义教授接手。于是，深圳第一家以个人命名的社区钢琴艺术中心就在蛇口后海诞生，两年间计有500多名钢琴爱好者接受过指导和培训。新千年之后，蛇口各种规模的家庭音乐会、少儿钢琴赛、个人钢琴汇报演出长年不断，蔚然成风，俨然是第二个鼓浪屿。

2021年4月获得全美最难考的曼哈顿音乐学院钢琴博士（Ph.D）的

董霏霏，是个生在蛇口、长在蛇口的“90后”，7岁请益丘英宏先生门下，成为先生亲授的第二个学生。从1997到2008年，董霏霏利用课余时间，跟随丘先生坚持苦学11年，完整地接受了系统而严谨的钢琴专业训练，打下了扎实牢固的音乐基础。我不止一次看过丘先生授课，每到曲谱激越处，指导老师巧妙调动学生情绪，起伏跌宕，亲身示范，投入程度不亚于自己登台指挥，一节课下来，也是汗湿青衫。在丘先生“业余学习，专业要求”的指导下，董霏霏的演奏独具个性，音乐层次分明，情感淳朴真挚，指尖充满激情，临场发挥极富感染力。2008年8月，18岁的董霏霏以优异成绩获全额奖学金走进美国茱莉亚音乐学院，师从钢琴系主任、著名钢琴教育家卡普林斯基（Yehoved Kaplinsky）教授。从始龀垂髫到花季少女，长达11年的心血浇灌，丘先生夫妇就像送别自己心爱的女儿一样，噙着欢喜的泪花亲手把姑娘交给卡普林斯基教授。

教琴也是育人。20多年来，丘先生与张老师在琴童身上倾注了巨大的心力，他们自己虽然没有生养一男半女，却把每一个走进家门的孩子都当作自己的孩子悉心栽培，从琴艺到心灵，一点一滴浇灌美的雨露、爱的甘霖。他们用从欧洲一件一件淘回来的名画、雕塑、家具、灯饰等具象化的艺术品，将家里装修布置成文艺复兴风格的艺术殿堂，营造出一个由听觉至视觉都能让琴童置身于浓郁的艺术氛围的小环境，帮助孩子陶冶性情，全面感受艺术的魅力。为了有助于学生理解李斯特的《但丁奏鸣曲》，丘先生课前课后领着琴童仔细观摩摆放在客厅里的大理石雕像圣女贝雅特丽齐（Beatrice）——但丁的每一首诗都是为她而作，所有的思考皆因她而起——并给琴童讲述曲子背后的故事。

爱是最好的教育。一个优秀的钢琴教育家不仅要教会学生高超精妙的技艺，还要时时关注孩子的身心健康。学琴的孩子很多都是从童年期就开始拜师学艺，老师年复一年指导孩子学琴练琴，为孩子倾注大量心

丘英宏与学生共奏《黄河》
（王建良　提供）



血，亲眼看着孩子一天天成长，那种师徒之间的真挚感情，甚至比亲人还亲。很多时候，老师的爱抚比家人还多，老师的教诲比父母的叮嘱更能入耳入心。丘先生夫妇就像一对严师慈母，美丽优雅的张老师有时和我们谈起琴童们的种种趣事、糗事、心事，总是如数家珍，脸上浮泛着母爱的慈光，眼里的笑意盛满了双颊的梨涡。

为了把幼小的孩童欢快地引入音乐的殿堂，精通作曲的丘先生创造了一套独特的教学方法，将大众耳熟能详的流行歌曲旋律加入钢琴元素，用钢琴的技巧改编新一代喜闻乐见的流行音乐，借以激发孩子的学习兴趣，引导琴童顺利进入音乐轨道。开班授徒这么多年，他们始终坚持质量至上，少量定额招生，从不因市场火爆就多招滥收学生，以便真正做到每一个学生都能得到老师的精心指导，每一节课都能有效地夯实基础、提升技艺。执教20多年，他们亲手将门下弟子输送到著名的美国茱莉亚、伊斯曼、曼哈顿，德国的汉诺威和英国伦敦皇家等世界一流的音乐院校，并获得高额奖学金，其中有6人获得钢琴博士学位。曾在丘先生门下习琴的学生，即使长大后不走钢琴专业道路，也会因钢琴特长而被国内外知名大学优先录取。学贵得师，良师难遇；得遇良师，何其幸哉！

作为钢琴教育家，丘先生家里最多的物件是钢琴。楼上楼下有13架之多，最大的九尺施坦威钢琴占了整整一间房。一架钢琴也可以说是一个学校，在学习钢琴的过程中，不仅可以认识了解整个世界，还能认识了解自己。丘先生认为，要成为一个好的钢琴家，心中不能只有音符，而没有人文情怀。如果说哲学是抽象理性的描述，那么音乐就是直观生动感性的描述，是流动的哲学。隔着几百年的时空，年轻的琴师如不能体会和理解伟大的音乐家的欢悦苦痛和宗教信仰，就难以产生共情、引发共鸣。这样，即使掌握了高超的技艺，其思想境界不到位，演奏还是味同嚼蜡，就像再逼真的塑料花也不如一朵野玫瑰生机盎然。与佛结缘、茹素多年的丘先生相信学琴也是一种修行，必须要有使命感，做有意义的事，不断提升艺术境界。同时，还应该喜欢和掌握所有可以丰富自己的东西，只有具备了丰富的内心、丰沛的情感，才能在指尖下流淌出一生的辉煌。

琴心如月，光华胜雪。从小与音乐相生相随，丘先生深知好的音乐如美酒如明月，可以纾解压力，可以照亮幽闭的心灵，可以改变忧郁苦闷的心情。对于贫困地区的孩子，音乐的疗愈作用或许更为显著。在一次旅行中，丘先生夫妇看到中缅边境有一群孩子，百无聊赖时剪一段白色塑料电线管套，挖几个孔就当横笛吹，便决定每年捐助一架钢琴给贫困地区的学校和孤儿院。近十年来，他们给广东河源、四川阿坝、西藏拉萨、河南泌阳、湖北神农架林区，甚至中缅边境等地区都捐助了一架钢琴。张老师说，这既是感恩也是回馈，因为当年自己学音乐，享受的基本是公费教育。而丘英宏先生也是得到“包玉刚爵士奖学金”资助而赴英留学的。现在自己在蛇口拥有了美好的事业和美满的生活，更希望山区里的孩子也能听到钢琴声。

宋人说“攻琴如参禅”，静居南山山脚下，兼有琴心佛心的丘英宏先生，以一个音乐教育家的淡泊通透、善根慧心，听琴悟道，闻乐知空。故而，琴心就是佛心，师道就是大道。大道至简，简到极致，就是大美。知音可期，名师难遇，遇上就是造化。

## 先人一步是先机

龚生（James）是我的邻居，在国内大学当了两年物理老师就去了美国留学，现在算是美籍华人了，但他在蛇口的时间比在美国多得多。



20世纪90年代开始，龚生就经常穿梭于中国香港和美国，做当时最火热的通信设备生意。一天，龚生随朋友坐轮渡到蛇口，转了一圈就十分看好这个地方。当时，蛇口第一批高达30层的华彩花园住宅楼还未完工，但可以对外销售了，约定次年交楼。一套百十平方米的房子大约60多万港元，相比对岸香港的楼价，简直太便宜了。龚生与同行的朋友当场付款，每人买了一套。

1995年，华彩花园交付使用，龚生也被美国巴顿电信公司派驻香港出任亚太地区总裁，更是经常从中环坐船到蛇口，或谈生意，或与朋友同学聚会。那时，蛇口工业区三资企业多，外籍高管密集聚居此地，图的就是不用经罗湖口岸，可以直接从蛇口码头进出香港，一小时直达中环港澳码头，方便快捷。每逢节假日，东莞、观澜周边的外

自驾旋翼机翱翔在富力湾的龚生（王建良　提供）



籍人士都爱开车到蛇口与朋友相聚，由此催生了遍布蛇口的咖啡店、小酒吧、小餐馆。黄昏日落，漫步在碧涛苑别墅区的白沙滩上，有点像迈阿密，又有点像芭提雅。新修的街道没有多少行人，入夜的蛇口安谧闲适，只有三资企业的流水线灯火通明，只有五星级的南海酒店面朝大海、星光璀璨。

龚生敏感地嗅到了这片热土的商机，这里有得天独厚的深水良港、万吨轮船泊位，航运费用低廉；海关就在码头，通关快捷便利，是国际贸易不可缺少的条件。于是，他与弟弟先后在香港、蛇口成立了艾赛通信技术有限公司，生产扩频无线通信设备，抢先占据了通信设备的高科技产品市场。当年，公司独家采用先进的写频软件技术，仅各种型号的传呼机在国内就卖出了超过1万台，每台不低于1000元。从此，龚家兄弟“咬定青山”，立足蛇口，利用深圳经济特区如日中天的好品牌，用足蛇口“改革开放试验田”的好政策，把通信设备生意推及全国，做到中东、非洲，甚至埃及、索马里都有艾赛通信的大客户。那些年，这样做千万级资金大生意的机会，龚生坦承，他在美国、中国香港都难有可能。只有深圳，只有蛇口，才能让一个海外游子如鱼得水，仅凭先人一步的创新科技就能占尽先机。

从此，龚生就把蛇口作为公司的大本营，在这里安营扎寨，一再买房置业，现在做了我的近邻。在蛇口安居20多年，龚生收获了爱情、家庭、财富，蛇口慷慨许他一个又一个梦想成真！

外籍身份、国内成长背景、国际化的视野让龚生总能够准确“读懂中国”，看到了别人看不到的先机。随着深圳通信巨头的强势崛起，日后势必通吃通信产品市场的上下游，龚生意识到以后艾赛通信的市场空间或会收窄，便率先把视线投向天空，他觉得自由飞行应该是深圳人的下一个梦想。他让妻子在2012年注册成立了深圳华鹰航空服务有限公司，再次“先行先试”，向万里蓝天开辟一个全新的高科技领域，提供不一样的飞行服务。



华鹰公司先后进口了4架德国旋翼机，这种旋翼机采用竹蜻蜓设计原理，在空中万一失去动力，也会旋转式自由降落。看似简单，却比直升机更安全。旋翼机飞行高度可达6000米，最长续航时间6小时，巡航时速160公里。我曾经坐在八面来风的旋翼机中飞过富力湾、双月湾和惠州海湾大桥，那种飞行体验，绝对是非一般的刺激！

后来，华鹰又花了400多万元购进一台奥地利超轻5轴专业摄影陀螺稳定仪。把旋翼机作为飞行载体，搭载激光扫描设备和倾斜摄影或正交摄影设备，就能“巡天遥看一千河”，精准完成电力管线巡检、地形线状测图等全景扫描、摄录，将地形地貌变成数字化3D地图。以前要踏遍千山万水的地图绘制勘测，要凌空飞架的高空管线巡查，以及火烧眉毛的应急救灾，现在只要一个电话，华鹰航空服务公司就可以运用以上的尖端设备满足需求。

华鹰在航空服务上“先行先试”了多年，但这种高科技航空专业服务实在是太超前了，官方民间都知之不多，社会知名度还不如富力湾空中游览。我笑言：先人一步是先机，先人五步是先驱，先人十步就要做先烈了。十年来，龚生却矢志不移，乐此不疲，不断推进他的航空服务部署，华鹰公司不仅率先成为德国旋翼机中国区代理，还是广东省唯一合法的飞行服务站，可以培训飞行人才，可以代办全省的民间低空域飞行报批。这个项目得到国家空管委支持，并一次性投入500万元，每年还会拨付200万元资金专用于空域管理和为深圳地区的通用航空企业及个人提供飞行计划、航空气象、航空情报、飞行情报、告警和搜救等服务。

深圳东部以东地区曾是民间“黑飞”的大本营，各种型号不同、机型不一的小型私人飞机在沿岸海湾上空屡禁不绝，严重违反了我国的空域管理规定。随着粤港澳大湾区的发展，已过不惑之年的深圳正加快建设中国特色社会主义先行示范区，不仅需要加强空域分级管理，更是需要在非禁飞地区有限度地向民间开放1000米以下低空域的管理工作中先行一步，作出示范。

珠江口外，已有珠海航空产业园磨砺以须。时不我待，被中央赋予“综合改革试点”新使命的深圳，只有独辟蹊径，积极作为，才能倍道而进。

期待深圳在新一轮的再起航中，放手一搏，冲天一飞！

蒹葭苍苍，逝水汤汤。滨海长廊繁花似锦，芦花摇曳。从小小渔村变成“湾区明珠”，蛇口只用了三四十年。再过三四年，望海路以南，东角头之滨，一座美轮美奂的歌剧院将横空出世，比肩悉尼，成为深圳人又一个新的艺术客厅。

蛇口巨变，蛇口一直在变。在又一轮新机遇面前，拥有最美深圳湾的蛇口，必将再给深圳一个惊喜！

【董韶华，原深圳青年杂志社社长、总编辑，资深媒体人，深圳文化学者。1979年早春二月就到过蛇口，现居蛇口，是本书田野调查的主要参与者、指导者，《蛇口私家见闻》为本书特约专稿】

# 有个半岛叫蛇口

文 / 萧相风

在湾厦旧村的妈祖庙里，庙祝董老伯掌管香火已经有十三年了。庙门右侧搭了个简易棚，棚顶挂着一串串螺旋般吊下来的檀香。地面上落了一圈圈白色的香灰。最初我以为这是湾厦旧村的一座祠堂，直到迈步进去，抬头看到匾额上写着“天后古庙”四个大字。这是一座二进式庙宇，四合院格局，两边各有一个厢房，中间有个天井。两扇大门贴着秦琼和尉迟恭，门后有两座神龛，左边姜太公，右边土地神。右边小房是董老伯的寝室。大殿中央供着主神妈祖娘娘，左侧是财神爷，右侧是受理求子业务的金花夫人。

这座庙始建于光绪四年（1878年），旧庙早就毁了。十三年前村里筹资200万元在旧村北面重修此庙。它夹在新楼和旧屋之间，前面有一个即将停产的化工厂，背面是一个停车场，占地约200平方米。妈祖是渔民出海的保护神。今天的湾厦村村民早已脱离了渔民生活，依靠改革红利成为“土豪”。村里仅有少量外地民工从事渔业活动。湾厦不再是原来的渔村。但是村里依然保留了这座妈祖庙。妈祖不单是海上之神，也成了一个受理各种祈福的神。

中国的女神屈指可数，较出名的有女娲、王母娘娘、观音、何仙

湾厦已不再是传统意义上的渔村，但仍旧完好保存了旧村北面的妈祖庙（萧相风　摄）



姑。妈祖在中国神仙谱系中是一位鲜得一见的女性。在沿海地区，妈祖的地位显赫，相当于古希腊神话中的波塞冬。面对大海，人们需要一位类似于观音菩萨一样的女神护佑他们的出行平安。妈祖本名叫林默，福建莆田人，据传因救助海难于宋太宗雍熙四年（987年）逝世，后荣升为靖海护航的神。经过历代朝廷赐封，她的地位也更加稳固。从天津、江浙、福建、广东、台湾到香港、澳门，乃至国外唐人街，多处建有妈祖庙，也叫天后宫。澳门的英文就是妈祖的音译。地图上显示深圳共有9座天后宫（据不完全统计约有40多座），主要集中在东西两端沿海区域。

半岛最南端的赤湾天后宫是其中规模最大的一座，据说，郑和下西洋有一次取道这里遭遇了恶浪，郑和在甲板上祈求妈祖娘娘，化险为夷后便在赤湾天后宫还愿。

2015年，赤湾天后宫利用立体光电技术在四面墙壁上投射影像，伴随着潮声和海鸥的鸣叫，模仿了郑和出海的情景。我站在中间仿制的木船上乘风破浪体验了一把郑和的豪情。中国的航海技术自明朝中后期就开始衰落，错过了大航海时代。一些人为此耿耿于怀，一直把郑和七下西洋当作历史壮举反复提及，以弥补这种遗憾。有的历史学家指出，郑和下西洋是帮朱棣去寻找建文帝的下落。它的直接结果是，因为多次大规模炫耀而耗损了国力。2015年3月28日，国家发展改革委、外交部、商务部联合发布了《推动共建丝绸之路经济带和21世纪海上丝绸之路的愿景与行动》。从广州到深圳，都曾是海上丝绸之路的重要站点。今天，海洋被提到了前所未有的高度，地位越来越重要。它象征着全球视野。中国在走向世界的过程中，把海洋视为一个不可缺的战略平台。海洋文化越来越受重视。妈祖娘娘算是较早走出国门的一位神仙。各国的唐人街都建有天后宫。

湾厦的天后宫规模要远小于赤湾天后宫。前者是村集体所有，后者是政府管理。像深圳的北帝庙、关公庙也有类似现象。神庙和土地所有制一样，村办和国有，两种体制共存。中国人进庙拜神，不管供的是哪个神，只要多磕头，多烧香，总归是好的。神仙也不会置之不理。因此，求子求财求平安，拜北帝可以，拜关公拜天后拜观音也可以。而且每座庙的庙祝都说很灵验。我在流塘村问北帝庙的庙祝老刘，他说，前不久有人来求子，后来果然应验，人家就来还愿。严格说来，北帝是治水御火的水神，求子超出了他的业务范围。湾厦天后宫的董老伯也告诉我，在他们那里求子是很灵的。

2017年6月8日，这一天，正是全国高考日。董老伯尚在梦中，天亮前就被一阵敲门声扰醒了。庙里迎来了一批家长和高考学子，他们在天后娘娘面前烧香许愿，祈求高中名校。仿佛，天后娘娘不单单是管海上的事，还揽了文曲星的活儿。一旦修了庙，每个神仙的业务都是综合型的。有的庙宇为了扩大业务，通常把道教的神仙和佛教的菩萨放在一起。庙祝当然也乐见自己庙里香火鼎盛。

湾厦天后宫规模虽小，但神仙俱全。神仙品级以天后为大。大门上有门神，右厢还有船公，专护海上平安。董老伯每天打理着这几个神仙。他是湖北公安人，72岁，有两个儿子。董老伯没有种过田，原来在老家厂里做职工，后来自己开服装厂。服装厂倒闭后，他到福建泉州、晋江、厦门打工，那一带全是大大小小的鞋厂和服装厂。董老伯做过皮鞋和服装，转辗七八年才知道在中国南海边有一个打工淘金圣地叫深圳。老乡介绍董老伯来到深圳。有的老乡在这里开发廊，开餐馆，先后购了房，买了车。董老伯说，自己来晚了，太晚了，要是早几年来，也就混出来了。

村里建有刘家祠堂和樊家祠堂。2001年，老乡引荐他到旧村专门看管刘家祠堂。2004年董老伯的母亲去世，他辞了这份工，回到湖北老家。不久，湾厦的天后宫翻修竣工。因为天后宫，董老伯又回到了深圳。修建天后宫的刘老板，也是刘家祠堂的负责人。他是20世纪60年代大逃港的一员，至今户籍仍在香港，改革开放后回到了湾厦与家人团聚。在物色守庙人时，刘老板自然想到了董老伯。但是他手里没有董老伯的电话，于是找到董老伯的老乡，让他联系董老伯。老乡拨打董老伯的手机，发现号码过期了。老乡四处联系又找到了董老伯儿子的电话。老乡说，“刘老板要找你爸，赶紧回个电话”。一番转辗后，董老伯终于来了电话。刘老板叫道：“好不简单啊！今天终于搞通了，过来，过来，马上过来！”

2004年董老伯又回到湾厦，干起了守庙的活儿，月工资八百元。

刘氏宗祠始建于清光绪五年（1879年），重建于2003年，占地面积143平方米。刘氏族人每年清明、重阳在宗祠作春、秋两祭

樊氏宗祠始建于明末清初，重建于2000年，占地面积200平方米。宗祠现仍在使用，是樊氏族人祭祀先祖的场所

十三年过去了，董老伯的工资涨到三千块钱。他全年只有一次假期，每年农历四月初四请十天假回家一趟。路上三天，在家七天。家人全在老家。两个儿子都不同意他在这里再做下去。老伴在家带着七岁的孙子。庙里不能住夫妻。他和老伴分居了十三年。“在老家当然好，亲戚朋友多，红白喜事到处走走，”董老伯平静地说，“其实在这里也很好。回去也没什么事做。在这里包住包水电，不要自己掏钱，就打理几个菩萨，每个月有三千块钱。在老家哪有这好事。”

一个人守庙，让董老伯的居住面积看起来有些奢侈。他除了一间寝室，还有一间东厢房做饭喝茶。东厢有一张餐桌和一个茶几，摆满了锅碗之类。再加上供神的大殿，堆杂物的西厢房，他的居住面积的确让人羡慕。与湾厦旧村里的那些单房相比，他看起来很幸福。那些单房刚好够住两个人，每月需要一千多块钱。这里独门独院，除了包住，水电费也由村里承担了。

庙宇四周全是水泥地，白天热浪蒸腾，久久难以消散。殿内香火熏燃，更是酷热难当。老板又给董老伯的寝室装上了空调。董老伯只需在单据上签个字，就有人把空调妥妥地装好了。有什么需求，跟老板说一声就行了。“两边的老板都对我很好。只要我一说回去，他们就说，哎呀，不要回去，你现在还很精神。就在这里干，妈祖会保佑你的。”

近晚时分，董老伯要沐浴更衣了。他穿内裤，趿双凉鞋，露出一身肋扇，站在东厢天井里拧开水龙头，拎着皮管子接了一桶水，然后用毛巾蘸着清水擦洗身子。他身材高瘦，但很硬朗；头顶秃了，头发还是黑的；气色红润，胃好，能吃辣。中午去湘岳蒸菜馆吃了个剁椒鱼头，十二元一份。那个辣椒很对他的胃口。

除了看得开，不喝酒，董老伯并无什么健康秘诀，也从不舞剑跳舞锻炼。“我看这人该怎么样就怎么样，年纪比我大不了几岁的，走了好多年了。好多年纪比我小好多的也走了好多年了。这就是命……”

他擦完身子，换上一套衣服，又接了一桶水，埋头搓洗换下来的衣服。此时一架飞机嗡嗡叫着从头顶划过，董老伯抬头看天。我站在天井里仰望，一粒白点在瓦蓝色的天空拉出了一条笔直的云雾状白线。天井四角切出这方天空，更见辽阔，澄澈。那条白线恰好拉出一条对角线，由此看天，有大隐隐于市的味道。我问他打算什么时候退休回家颐养天年。

“只要我们不生病，在家还不是没活儿干。这里还有报酬呀，有空调呀，（我坚守这里）为什么不可以呢？就是亲人不能团聚。老年人嘛，人老话多，跟家人谈谈天哪，这里走走那里走走。家里做什么事，结婚的，做寿的，都可以团聚一下。”董老伯晾了衣服，来到庙门前，擎一束香拜了四方，添了香油。一天的工作结束了。他回到寝室，对着门外，坐在一张躺椅上。

这工作还算轻松自由。过去香客起得很早，凌晨两三点就要开门，如果开门晚了，他们就在外面拍门。后来规定了作息时间，凌晨五点开门，傍晚六点关门。董老伯说：“除了初一和十五，其他时间我安排，没人管我，也不会来检查，我就打理这几个菩萨，这几个菩萨管理我。有空我会向菩萨请安。菩萨问我，还好吧？我说，还好。菩萨说，那就好。”

寝室门口挂了一只圆形时钟和一份撕历。按照中国农历习俗，初一和十五是拜神的重要日子，会有不少本地人进庙拜神，董老伯要忙大半个上午。如今拜神的队伍中外地人越来越多。有的人从地图上发现了这座庙，于是带着愿望和香火从四面八方涌来。在人口密集的片区，拜神祈福的需求也愈加旺盛。这座小庙香客络绎不绝。过年过节庙里更是拥挤，董老伯一人忙不过来，村里要加派两三个保安过来看管。蛇口是外国人的聚居区。在拜神队伍里还有不少外国人。他们常常是带着照相机摄像机，在庙里七七八八地拍一通。这时董老伯就跑出来，拦着他们，说不能拍照。由于彼此言语不通，董老伯就靠比画手势表示“NO”

（不行）。

有了神祇，湾厦和所有的村庄一样，它的根基还扎在传统文化的土壤没有彻底“断奶”。除了朝拜神祇，湾厦村还有一个时髦的新节日——三八节。在湾厦村，女人和妈祖一样，也被拔到了一个很高的地位。

湾厦曾是有名的偷渡村。过去南头半岛上的大冲、南山、湾厦各村的村民以养蚝为生，兼种水稻，出产荔枝和花生，算是耕渔兼作。但是一年忙到头，人们只能果腹而已。香港本属宝安，在清末割让出去之后，两地依然同气连枝往来紧密。湾厦村距香港只有3公里海域，是一条绝佳的偷渡路线。湾厦村的男丁选择在夜间泅水或乘自制竹筏偷渡。本地政府组织了民兵队，日夜严防，依然无法遏制偷渡狂潮。1972年湾厦全村有96户人家，其中百分之九十的男丁去了香港。这里因此成了一个奇特的“女人村”。村党支部书记莫锦华只有带领留守的妇孺老幼建设经济。——这种情况类似于今天内陆的空心村。

1979年7月8日，蛇口工业区基建在虎崖山响起了开山第一炮，由此拉开深圳改革开放的序幕。湾厦村开始引进外资工厂。女人们由村集体组织从厂里领回一些塑胶花、表链在家加工。1981年村里也开了第一家电子厂。女人们到厂里打工，采用计件形式，月工资可达70元，这在当时是相当可观的收入。随着蛇口工业区大开发，湾厦村女人当家，率先富了起来。1985年三八妇女节这天，人称“莫老爷”的莫锦华为感谢巾帼之功在潜龙湾酒楼宴请了村里一百多名妇女。后来三八节被湾厦村作为一个重大节日传承至今。

第二天中午，我们再次来到天后宫，可惜没有赶上烧香拜神的高峰。人们通常在早上完成朝拜仪式。此时天后娘娘前站着一个穿学生制服的女生。女孩独自一人，手里拿着一把香火，目光羞涩地移向了神像。供桌上敞开一只购物袋，旁边摆了一盘水果。这天是高考最后一天，女孩大概是在祈祷自己的考试如愿以偿。

两周后我们再度跨入小庙，董老伯狐疑地看着我们，不再有上次促膝而谈的热情了。我找话题跟他搭讪，他避而不答。后来我们的多次拜访依然没有消除董老伯内心的隔阂。我们告诉他是来了解天后宫的民俗文化——大概是跑得太勤，热情过度，反让他生疑。这也是能够理解的。在这座城市里，大家像浮萍一样带着强烈的不确定性，每个人都是陌生人，有必要对陌生人保持足够的警惕。

每次来到，我们都有些惴惴不安，既担心董老伯不在，又怕遇见他无话可谈。偶尔也会碰到两三名香客。更多的时候我们常常面对空寂无人的大殿，墙上一直挂着那份港版的宋韶光通胜日历，时光似乎在纸上悄然流淌，不知道董老伯还能掌管多少年香火。

【萧相风，原名李刚，1977年生于湖南永州，1999年毕业于北京信息工程学院，2011年进修于鲁迅文学院第十五届中青年作家高研班。出版作品《词典：南方工业生活》《春天万物流传》。获2010年人民文学奖和第九届广东省鲁迅文学艺术奖。现居深圳。作者曾经与45CM非虚构创作团队用7年时间跟踪采访蛇口蚝工和原住民，现已完成29万字长篇巨著《有个半岛叫蛇口》，以上文字系根据该书内容整理改编】

# 蛇口市场的那个卖鱼人

文 / 李玉

2017年下半年，因为工作的原因，我住到蛇口荣村。居住的那栋楼在蛇口幼儿园隔壁，无所事事的时候，经常看到幼儿园的阿姨带着小朋友玩“老鹰捉小鸡”的游戏，孩子们的笑声，常常把我的记忆拉回从前。

荣村距离蛇口菜市场很近，不过100米的直线距离。蛇口市场是老字号菜市场，我在经营管理日料餐厅期间，多次前往采购。那里以经营“海鲜产品”为特色，海鲜、冰鲜、河鲜、贝类、蔬菜、肉类等应有尽有。



热爱下厨的我，菜市场真是我的天堂。它可以满足我对做菜的所有幻想，而且可以尽快地将美味端上桌。

和附近的大型超市比起来，这里的蔬菜新鲜而且价格便宜。有时候，遇上个别商户搞促销，0.29元一斤的大白菜，0.69元一斤的大萝卜经常可见。很难想象，在深圳这样的城市，还有这么便宜的蔬菜。

住在蛇口的半年时间，我的餐桌上的菜肴，基本上都来自这里。一来二去，就和里面的整菜员、收银员熟络了。这种熟络仅限于我是顾客，他们是店员的关系。在路上遇到，我能认出他们，他们未必会认得我。

蛇口街巷，是平凡生活里烟火气最为浓郁的地方（来源：ShenzhenStyle）

蛇口市场有本港、外港无数新鲜的海产渔获，汇集了天南地北的各路食材



比如，那个光头文身的卖鱼人。在那之前，我甚至没有好好看过他，他杀鱼和吆喝的时候，一脸横肉乱晃，总让我想起鲁提辖。一般的情况是，看上了哪条鱼，挑了给他，请他帮杀，去鳞和脏，我往往会多交代一句：请帮我把鱼内的黑衣去干净。他似乎没做回应，但每次，鱼都杀得干干净净的。

有次，我去买海鲜，正遇上他跟一个大妈吵架——据说是大妈在装虾的水池里，一只一只捏虾，然后捏了十几分钟，说一句不新鲜，就将挑出来的几十只虾，一股脑儿又倒进了虾池。

这下卖鱼人不愿意了，要她把那些奄奄一息的虾全买走。“这虾也不多，就三斤，你这么大力气，一只一只都捏得差不多了，买回家好好补补……”

不少人围上来看热闹，大妈就摆出了“我是上帝”的架势，“我买活虾，难道我看看虾是死是活错了吗？这虾本来就不新鲜，如果活蹦乱跳的虾，我拿一下就会死了？”

“这虾都是一早上岸的，你这样一个一个捏，水都让你搅浑了，能不死啊？废话少说，你不买这个虾，今天你就不要走了……”

我没有看后来的发展，可以想象，商家遇到了这样的买家，注定是两输的结果——即使老太太买了虾，商家也难免被贴上“强卖”的标签。

有天上午，一个好久不见的朋友要来吃饭，还特别强调要吃那次吃的“干煸鲳鱼”，我一看时间不早了，就赶紧下楼去买鱼。结果到了菜市场一摸口袋才发现，钱包没带，手机也没有带。

我可是住没有电梯的七楼啊，这可如何是好？我试着给那个卖鱼人说了一下，“老板，我想来买鱼的，结果到了这里才发现，手机钱包都没有带，能不能先赊给我，等一下我再还你？我住七楼，实在不想爬……”

“没事，你要啥鱼？大的小的？”仍是往日那听起来牛哄哄的腔调，但此刻听起来，竟然有些豪放。

“来条鲳鱼，一斤半左右就好。”我喜欢干煸鲳鱼，葱姜爆锅之后，将鱼放入油里煎两分钟，然后加入大料、蒜瓣、香菇等，继续干煸，然后加入酱油和醋，焖烧片刻即可出锅。

“这鱼一斤四两，21元，再给你9块钱，你买配料。”卖鱼人说着，递过来一张五元的纸币和四张一元的纸币，“你回头还我30块钱就好。”

这太出乎我的意料了。

我不停地点着头，收下了卖鱼人的钱。那一刻，我想起前不久他和那个买虾老太的理论。我们有时候看到的所谓的“坏人”，也许并不坏，甚至是一个好人。

当我摘除那个有色眼镜，我再去菜店买菜的时候，远远看到他在那里，人还是那个人，表情也还是那表情，却明显地感觉到比以前有了很多亲和力，脸上的横肉仍旧一跳一跳的，我再看到的，却是活力。

也许有些距离，是因为不了解。只是，有些了解，永远没有机会。

他肯赊鱼给我，一定把我当作认识的人，或者是觉得我是个面熟的人。同样的，他换掉那个菜店的工作服，再做个酷酷的发型，在路上遇到，我未必能认出他。

农贸市场里难免到处湿漉漉的，尤其是蛇口海鲜市场。我那时候去市场进出一趟，出来的时候，鞋子总是湿的，后来再去，就改穿了人字拖。看着泥泞的摊位前小路，大家提着菜，还有美女拎着裙摆，小心翼翼地往前走。

我也因此感慨，再发达的城市，海鲜市场也不过如此。

最近一次，再前往蛇口市场，面目一新的摊位设置上更加科学，还增加了排水区，地板采用速干防滑材料，不仅没有了泥水，路上连水渍都很少见了。我又走到了之前买鱼的位置，想看看那个卖鱼人，却发现那里已经不是卖鱼区了——一袋一袋的干货摆在那里，一个年轻的女子，穿着格子长裙，正在整理乌鱼干。



我想问问那个卖鱼人的信息，想一想又放弃了——我认识的，只是那个菜店里的卖鱼人。其他信息，一概不知。

若有缘相见，不必问你的名字；若明日天涯，又何必问你的名字？

我想，我们很多人，都因为这个原因，把很多疑问吞回了肚里。真的，很多问题，不必问。

而蛇口市场抓住了“智慧化”的精髓，智能防作弊电子秤、商户信息屏、触摸查询一体机、市场管理系统一样不少。进入市场后，海鲜蔬菜的售价不仅可以一目了然检测结果，产品溯源也能一键查询。通过二维码进行电子支付和对商家进行点赞或是投诉，也只需要几秒操作。

我向后退了几步，不禁在心里默念：蛇口海鲜市场终于不一样了。只是，不知道那个“看上去很凶”的卖鱼人，是否豪放依旧。

【李玉，深圳青年作家，在《女报》《爱人》《家庭》等生活类杂志发表文章几百万字，屡获深圳睦邻文学奖。《墙角的父亲》等文章被《人民日报》《半月谈》等微信公众号转发，先后被制作成小品、有声读物、动漫等，点击量过亿。散文集《墙角的父亲》，有故乡人与人之间的温情记忆，也有在深圳这座城市里的多样交集。该文为本书特约专稿】

# 中心河

文 / 王国华

我想问中心河三句话：你是谁？你从哪里来？你到哪里去？

估计中心河只能回答出最后一个：到深圳湾。

中心河，名为河，实为住在这里的人凭空挖出的一条沟，大地上的豁口，收纳雨水和两岸排放的生活污水。直接点说，就是一条排水渠。名河不是河，从哲学角度，难证自己到底是谁。它的起始点目前在海德三路，但既为人创造，自然受人修改，源头随时可以继续向外扩挖，亦可填埋。“从哪里来”，确实说不准。最后流入深圳湾，“到何处去”似确切，但也不一定。所始迷茫，所终亦不可测。



中心河夹在一条道路的中间。路名为“南山中心路”。河西岸的车辆由北往南开。对岸反之。两岸是同一条路。友人老亨说，这将来会是深圳最漂亮的一条路，就为这一句话，我跑来好几次。

车停路边，沿创业路和南山中心路交会处往下走，见一桥。桥下阴凉，铺着被褥，上面躺一人，看不清年龄。附近正施工，围挡内传出巨大的令人不舒服的噪声，一下又一下，倒是有节奏。高大的脚手架上挂着的东西好像活了起来，左摇右摆。我担心它掉下来，落在水中。

见一“温馨提示”牌——“水深三米，谨防跌落”。一些公共场合

中心河生态宜人，风景旖旎（南山区城管和综合执法局　提供）

的提示，多虚张声势，比如标注“内有猛犬，请勿靠近”者，其实里面趴着一只蠢萌蠢萌的小泰迪。但此处的提醒或有准头。一条瘦水，如果没有深度加持，水的颜色不会如此厚重。一带深绿的水，被风催促着，不停歇地向前。许是风大，那些波纹像巨型的鱼鳞，一个挨一个，整整齐齐。水上浮动的落叶，一翘一翘的，带着些莫名的风骚。

同一条水，下移几十米，便俨然一真“河”。高大的火焰木，举着一团一团通红的大花。低处，一棵挨一棵的洋金凤，捏着清秀细致的小花给行人看。其他地方的扶桑花多为红色，此处的扶桑也许是不愿“撞衫”，悄悄改成了粉白。一棵七扭八歪的菠萝蜜，树干上挤着四五个半尺长的果实，表皮青绿，疙里疙瘩。园林工人手持水管，这里喷一会儿，那里喷几下，半空里弥漫着一股浓烈的水的气味儿。水柱散成一股股飞沫，在阳光下闪出一道若隐若现的彩虹。

步移景异风景美，半城翠绿半城花（南山区城管和综合执法局　提供）

整条路远望一片绿，走近了看，那绿极丰富，有层次有内容，从左至右，依次为：路边停车位、车道、人行道、树木、斜坡上的灌木、岸底的花草、河水。黄叶和落花点缀其间。几乎看不见土。花落在草地上，只为填补空白，见哪儿露出一点土，轻风用手指点，花就跑过去。清洁工将火焰木花瓣扫在一起，装了一蛇皮袋子，置于路边，鼓鼓囊囊。树上的花时时俯视，寻找空隙跳下来。

河流上面荡起一只白鹭，多看它几眼，它就展翅飞远。再走，看到的这只也许是刚才那只，也许不是。下游入海处立着一条不高也不宽的拦水坝，两只白鹭在上面走。从这头走到那头，再从那头踱回来。它们和水，都让人想到一个字：“漂”。漂着的白鹭与不肯站住的水。将来若写诗，当把“我为白鹭狂”五个字加进去。

深圳湾的水不断倒灌进中心河中，岸边一股海腥味。涨潮落潮，中心河便与深圳湾海域进行了一次水体交换。本质上，中心河是一条咸水河。它面向着大海，虽然河道不宽，却坚定地呈敞开状。吸纳和呼出，不再限于雨水与排水。这样一条不知来自何方的小水，因为大海而逆袭成一条正大光明的河流。

岸边高楼林立，以天蓝色调为主，与河水的绿有色差，却互补。水面窄，约略四五米，宽处不过十米。高楼嫌其不匹配，干脆连个倒影也不给。河是河，楼是楼，一个清清爽爽向前走，一个干干净净停住不动。

沿街多为骑楼。骑楼乃一种近代商住建筑，建筑物底层沿街面后退且留出公共人行空间，相当于路边多了一个雨棚。骑楼普遍存在于南亚、东南亚各国以及我国的海南、福建、广东、广西等沿海侨乡地区。最直接的两个好处：南方常年多雨、酷暑，人行其下，下雨避雨，无雨遮阳。另一个是增加安全度；万一楼上掉下个东西，阔大的屋檐可以接住，行走的人听到“当”的一声也不用害怕，继续走。

这些建筑，有居民小区（名称中常带一个“湾”字），亦有办公大厦和商业综合体，细看其名号，个个都是媒体上经常看到，生活中经常遇到的，国内或者世界大公司的总部及分部。为免广告嫌疑，不一一点名了。它们像一排精心打扮的伴郎伴娘，全部西装笔挺，皮鞋锃亮，傲娇又节制，把这一条路抬得很高。是的，这条路天然比其他地方高，明明海拔低，也显得高，就是高就是高，没有道理地高。

早晚有一天，这些公司中的一个（几个）倒闭了。谁能一辈子不死呢？万物从一诞生便注定了消逝的结局，没有谁会被豁免。一个好皮囊，却可以独立于内核之外。只要这些高楼大厦还在，新的公司、新的员工就要不断涌进来。他们有的落寞倒闭，有的却异军突起，真的站稳脚跟，继续这个城市的荣光。来来去去，时光黯淡，直至楼群渐渐枯萎，小小的河流改道、干涸，那时的深圳已成另外一个城市。

这些年深圳变化真大啊。以2021年5月17日为限，若真正走遍深圳，

深圳湾被誉为候鸟天堂，是全球九大迁徙线路中的重要中转驿站（美籍志愿者 Thomas E Harvey 摄）



会看到很多地方仍葆有农耕社会的痕迹，城中村里的祠堂和水井，山边赫然站立的荔枝和香蕉树。其面积、体量、比例并不小，尚存一丝野趣。这些，有别于外人眼中固化的深圳印象。是的，万物仍在行进中。而以中心河为轴心的南山中心路，水、楼、道路、植物，一切都由人造，经过了严格的规划和演算。行人亲历亲睹，一处浑然天成的美景；对于设计者来说，是严丝合缝的造价与施工，还要时时监控，稍有差池，便将其扭回来。这条路与大风中的大荒，大雨中左摇右摆的棕榈树相比，无法确定谁高谁低，谁好谁坏。一个天然，一个“人然”，天然生来就比“人然”更正确吗？低头看，蚂蚁在坚硬的地面下掘出了一个精致的小窝，进进出出，繁衍生息，这是天然还是“蚁然”？如果说那里面凝聚了蚂蚁族群的智慧与努力，今日的中心河、南山中心路又何尝不是？蚂蚁和人类的智慧与努力，亦不失为天地的智慧。即使到后来摧毁了，岂不又是一天意？

这一条路将深圳垫高。都市化的深圳，因它而成立。各种既定的标签因它而坐实。深圳之涅槃、升华，它是最先现形的，是露在外面的头颅。河流清瘦而缓慢，被风一吹，忽忽悠悠，似乎像风筝一样飘走。高楼大厦赶紧按住它，说，不要走，你要做这一条路的主心骨。有了水，这条道路乃至这个城市才活起来。

中心河怎舍得离开？从无到有，从有到盛，它一定不满足于当下的境况，认为自己还有资本更盛。也许它想的是对的。它紧紧攫住当下，把这个城市再往上拽，往上拽，而盛之后的衰，似乎与它无关。这样想，也许还是对的。我站在远处，看到那条河欢快而结实地向前走。它和路上所有的事物绑定在一起，谁也不掉队，谁都不后退。

源头的那些脚手架，正渐渐变矮……

【王国华，河北阜城人，现居深圳。中国作协会员、中国散文学会理事。“城愁”散文的倡导者和书写者。曾获第五届广东省有为文学奖散文金奖、第八届冰心散文奖、第八届深圳青年文学奖、第六届深圳十大佳著奖。已出版《街巷志：行走与书写》《街巷志：深圳已然是故乡》等二十余部作品。该文为本书特约专稿】

# 有关蛇口的种种记忆

文 / 王绍培

我不能确定1986年我有没有到过蛇口
我能肯定三年后的春天我在蛇口
那时“海上世界”真的在海上。那次
我们上船吃饭，聊天，看海鸥飞来飞去
一个朋友预言了未来发生的事情
那时，“海上世界”真的是一条船
而现在，它还叫“海上世界”，它曾经是
一条船，它历经沧桑，甚至于它就是沧桑

那时我短暂地供职于蛇口一家报社
那时它刚刚报道过了“蛇口风波”
一个叫张敏毅的朋友说：你来吧
后来她去了美国，据说改行画画
我出现在招商局的那栋楼里　还记得
簇新的电梯所散发的气息（电器特有）
年轻时我常常迷惘。其实我不适合媒体

我比那时更早就知道自己不适应媒体
但我后来的身份是媒体人，并且还资深

那次我在蛇口最大的收获是认识了
朋友肖健。我去一个朋友的楼下等
一个朋友，肖健也去等那个朋友，然后
我们成了朋友，友谊一直延续至今
肖健是生活中的英雄，他十年前罹患
胰腺癌，他用另类疗法治愈了自己
他比乔布斯成功，至少在疗愈这件事情上
他继续存在，而乔布斯已经是历史

我还在花果山短暂地居住过一段时间
那嘈杂的过道，狭窄的房间，总有人
热衷唱歌的年轻的时候，我在阳台的
餐桌上写《南方生活与私人词典》

后来它发表在“文化广场”上
我是在一个下雨的夜晚写那篇文章的
我引用过一个台湾歌手的歌词
“回淡水的途中，雨下个不停”

那时蛇口的一个地标（几乎是唯一的）
叫“上海轻工业品总汇”，就在十字路口
它消失的时候有人要写文章怀念它
后来我们发现需要怀念的地方越来越多
后来我们发现需要怀念的地方
越来越少。也许我应该怀念一下老街
第一次给我按摩背部的人，他做得
专注而投入……然后，我们去
一家烤肉店，吃了好多烤肉并喝了啤酒



当然当然，我认识金科也是在蛇口
蛇口消息报的几个女记者带我认识了他
金科带着她们玩一种叫“诈金花”的
扑克牌游戏，你不难发现他当时就被
在场的众多女孩深浅不一地爱着
这很有意思，这也很正常，他弹起
吉他时唱歌的样子有致命的吸引力

前些天一个朋友开车路过左炮台一带
他从前经常在这个地方转悠，或者
发一下思古幽情。那时，我偶尔也跟朋友

一起来这个地方眺望一下远方的大海
我们一样更喜欢过去这一带的荒凉感
或许我们不见得是真爱它的荒凉
只不过在它荒凉的时候，我们那么年轻

【王绍培，后院读书会创始人，资深媒体人，知名时评专栏作者。1982年毕业于武汉大学哲学系，1994年移居深圳，参与创办《街道》杂志。1996年加盟《深圳风采周刊》。曾出版《性感的变奏》《用梦想化妆》等。《有关蛇口的种种记忆》为本书特约专稿】

头盐田、大鹏所城的陆路中间地段，又是北边布吉、横岗到南边九龙、香港的水路中间位置。水陆交汇之地，商业自然就兴旺一些，所以历史上的深圳，不是以“村落”闻名，而是以
易港与广州这个千年不辍的国际贸易都市之间的陆路中心枢纽，而且是中西经济文化交流的先锋前沿。就在清王朝寿终正寝的那一年，广州到香港九龙的广九铁路开通，深圳墟站成为粤
了。蛇口，处在深圳市的西南一角，也在后来深圳经济特区的区划之中，却在深圳经济特区正式成立前后，石破天惊，声振寰宇，风头一时无两。南头半岛南高宽、北低窄，状似蛇头，
工业区，正是在这里点燃“蛇口开山第一爆”、炸响“中国改革开放第一炮”。蛇口工业区，最初只有2.14平方公里。在蛇口渔港的西头，微波山周边，炸山取土，修路建港，就是后来
世界，到工业三路的兰溪谷、三洋工厂（后来的南海意库），到工业四路的正大康地、招商局历史博物馆，到工业五路的南玻、安达、蛇口网谷，到工业六路的育才学校、招商大厦，到
口工业区面积扩大到10多平方公里。南头半岛南山脚下的东南地界，20多平方公里的地方，是招商街道的辖区所在，也是通常意义上招商蛇口的大致版图。就是在这块土地上，曾经创造
不曾留意的另外一面。在大蛇口的地面上，在工业一路到工业九路的东头，还有着另外一个蛇口。这个蛇口或许开发的更早，曾经更繁荣，或者说更老旧，如同深圳的老东门，较之于后
东南部，外加内伶仃岛、大铲岛、孖洲岛3个海岛，总面积约16平方公里，隶属蛇口街道。可以说，这是大蛇口的“口部”和“下颚”部位，其中原来的蛇口渔港，就像是蛇张开的那个
的蛇口疍家。广东三大民系及其文化，在蛇口同样齐备，说蛇口街道是个具体而微的“小广东”，一点都不为过。但这个蛇口不属于蛇口工业区范畴，不是招商局在蛇口开发的主战场，
。改革开放之初，最毗邻香港的地头总是得风气之先，罗湖、盐田、蛇口，都是如此。不过蛇口到香港，走的不是陆路，是水路。从蛇口码头到香港中环码头，快艇不过个把小时。而把
1979年前后的现实背景下，无疑是蛇口的地理位置更适中，蛇口的“配套设施”更完善。早在1979年初春就来过蛇口、见习过蛇口东角头电厂筹建，现今常住蛇口的深圳资深媒体人董部
“过番”“闯海”相沿成习的蛇口人在40多年来的改革大潮中因变应变、与时俱进的心路历程。蛇口工业区之外的蛇口，是蛇口开发的起因和机缘，也是蛇口改革开放奇迹的另一个观察
实地探访南水村村民邬金英大姐，并采访到曾经在她家住了七年的老房客：来自蛇口工业区第一个不交租的“房客一号”李新初。据说李新初的身形颇似时任招商局常务副董事长的袁庚
房钱，让他免费住。参与到蛇口工业区建设的“拓荒牛”们，早年来到这个只有渔民、村民的海边，不住渔民、村民家，住哪里呢？招商局后来在蛇口工业区规划建设了一系列配套的职
一开始就是封面蛇口的生活配套基地，后来渐次成为蛇口工业区开拓者、粤海科技园区创业者的理想家园。今天，数以千计的“老外”，数以万计的科创企业高管，都居住在封底的蛇口
飞猛进的深圳应该大书特书的华章。封底，也意味着，可以是另一种打开方式的封面。透过蛇口开山炮的烟霭风云，从空中鸟瞰中国改革开放的蛇口试管，招商局的蛇口工业区无疑是精
异的城市建筑所覆盖；曾经看起来非常宽阔的深圳湾，如今变成了深港双城间相看两不厌的景观湖；深圳湾大桥拉近了蛇口和元朗的距离，也创构了打量蛇口的新视角。就像上海的浦东
革开放、奋斗开拓，化作深圳的市井繁华、民生福祉；这是唯美的封面：已经建好的望海路段公园，即将建设的深圳歌剧院，匠心独运的中心路新式骑楼……，深圳之美，总有惊喜；这
的城市各有诗意。改革开放以来的深圳，一路高歌猛进。由滨海渔村、边地小镇发展成为经济特区，由世界工厂转型成为科技产业高地，又由创意文化之都衍生为一座现代生活之城：包
旅行目的地榜单上，深圳曾赫然排在第二位。旅行文化网这样介绍深圳：“这座城市拥有高耸入云的摩天大厦、大胆的博物馆、巨型图书馆与展览中心，有远见的人们在此进行着各式各
些混搭，但已然是当今世代最前沿、最先锋、最冒险、最具创意的城市存在……从这座城市最打眼的著名地标，到往常熟视无睹几近遗忘的街巷角落，每天都有许多值得你我记住和记录
修。心底涌现的对于生活的热情与爱，是我们能在城市这个大容器里找到属于自己的落脚点的温暖。城市漫步，是因为即使一个最平凡的街角，也可能是触动很多人内心最柔软处的存在
意，霓虹灯下的角落里，同样洋溢着烟火气与人情味儿的记忆。我们不必等到未来，再来回忆当下。这座城市的诗意，不必去到远方才开始留意；这座城市的故事，不必等到往后才写成
海岸南边的中湾阅海广场向西，依次途径海韵公园、白鹭坡、北湾鹭港、小沙山，至大沙河口，斗折南行，经深圳湾春茧体育中心东，无缝链接到深圳人才公园，过流花山、弯月山谷，
元朗，近若咫尺，顿感人力之工巧，有甚于万物之造化。大桥以西，则是已经建好的海风运动广场和正在规划建设的深圳歌剧院，中心路人工河夹中入海，人间胜景，殊可期待。后海
深圳湾公园西端的尽头了。渔人码头、渔湾栈道，玫瑰花园、蛇口花园，双玺花园、新玺名苑，女娲滨海公园，渔船鳞次栉比，可谓舸舰弥津，华屋檐瓦相继，氤氲烟火人家。旧港新城
，虽有疫情，不减人气。石云路口人潮如鲫，壁画盈墙，雕塑满街，渔村今昔，历历在目。西行至海昌街、兴华路，便与大名鼎鼎的海上世界相接。蛇口老街以北，与老街、海昌街大致
部聚集在这个地段。南水路也是一条繁华的商业街，西接太子路，东到蛇口广场，好吃的卤水店，好看的成衣铺，古朴的南水村史博物馆，现代的蛇口海洋科普馆，都在这条街上。蛇口
地段，从招商路、公园路、花果路、爱榕路都可通达。蛇口新街东头以北，即湾厦村东面、后海大道以东，原本是深圳湾海域滩涂，原来湾厦村的妈祖庙就是建在湾海之滨的。现在从后
里，留出连绵的人行通道，行人逛街，日不晒，雨不淋，一如传统的广式骑楼，却与簇新的现代楼宇甚是相搭。人工河不闻异味，骑楼街行人却并不多，填海新区楼价不菲，楼下临街商
海滨、翡翠海岸、海怡湾等高端楼宇围合而成的高尚社区，中心路的人工河从北到南一以贯之，两岸翠绿成荫，两边骑楼相连，遍观全深圳，此种街景设计，此等人文用心，都是极为稀
学附近的粤海门村，住在一个月租600元的房子里。在一次饭局上，她遇到了南下深圳的剧作家杨阡。杨阡常常带着马立安在不同的村子里找好吃的，吃“最地道的土菜”。就这样，他们
大街小巷，感悟城市与自己的细微关系，鼓励他们书写或记录自己的故事。从白石洲开始，到沙井、观澜、大浪、蛇口、福田、华强北、东门、湖贝、沙头角……马立安希望，深圳这座
全世界高速城市化中曾经是最好的大都市低成本生活区。他论证说，中国的城市化在清朝中期只有5.1%，到清朝末年，用50年的时间提高了不到1个百分点。改革开放之后中国的城市化
有惊人的规模和完美的布局。李津逵说，深圳有241个城中村，建城区面积700多平方公里，平均4平方公里就有一个村，也就是说，深圳的低成本生活区之间的距离是步行距离，这是相当
发展阶段是不可或缺的。城中村中供应与需求的“良性循环”孕育出一股“自由的空气”，不断孕育着新的产业萌芽，为一代代闯深圳的人们提供落脚点。深圳的城中村里走出过很多
人口900人，外来的租户7万人。改造以后，它的面积增加了一些，达到70万平方米。增加的面积、变化的户型使得成本迅速升高，原来住在里面的人再租不起了。结果是原本7万人的岗
商业的生态关系：茂密的红树林总是生长在有盐分、有养分的滨海湿地。蛇口的自然村落，在工商业围城中，也曾经是一片温润、咸湿、包容并孕育了无限可能性的生存湿地。这片湿地
到哪里去？湾厦村：蛇口的老树与新藤湾厦村位于湾厦山东南、蛇口山东北。走进湾厦，仿佛行走在密林之中。这里是人的密林。根据《南山年鉴・2020》记载，作为蛇口街道居住人口
30间店铺，店铺种类应有尽有，商品物美价廉。这里是巷道的密林。除了几条主巷道相对宽敞，大部分楼间距一米左右，巷道大多只能并行两人，狭窄而密集。如果熟悉了，能像鲶鱼一
有的甚至完全封住了天空，形成一个个隧道般的巷子——这种情形，比我们常说的“握手楼”“亲嘴楼”，也许更贴切。在这里，30平方米的房子，租金大概是1500元至1800元。租客多是
老村的初印象，但湾厦有更古老的历史。湾厦位于深圳湾畔南头半岛最南端，也就是村民俗称的最下边，故曾名：湾下村。20世纪80年代初，村民们觉得“下”字不好听，所以改“下”
为生。19世纪后，南洋开发起来，滨海而居的广东人、福建人，纷纷出洋谋生。第二次世界大战以后，香港制造业发达，吸引很多劳动力到香港打工、做生意。到20世纪70年代末至80年
只有四海公园那边有些稻田，花果山以前是有山的。湾厦小山以前也是一座山，小时候觉得很高，现在修了路上来，楼高了，山就不觉得高了。家里餐餐吃土豆，好不容易打到的鱼是要
生产队的生产任务。嘴馋时，就拿竹竿捅杨桃吃，小小的，酸得掉牙，但能吃到就很满足了。荔枝园里经常会躲有偷渡的人，有的从东莞来，有的是外省的。那时候，海上出事的多是这
，会给一点钱或者买一些猪肉上门。成功出境后，偷渡人还写信过来感谢，彼此书信往来了近10年。樊姐13岁时，父亲也曾想将她送到香港去，但有两个弟弟需要帮忙照顾，他就自己只
加上村里开始分红，村民把一层、两层的房子拆了盖新的，或在此基础上加多一层两层。等到第三次修建时，就将四五层的房子都拆除，建成现在所见的楼房。男人都在外面，湾厦就成
村里开始兴办“三来一补”企业，主要生产表带、开关，村里把任务分配到每户每家。接了活，女人们又开始在家里忙加工业务，按件算钱，老人孩子一起上。那时候湾厦村的领头人莫
次湾厦“妇女之旅”去的是肇庆七星岩，两天一夜。那是很多湾厦妇女第一次走出蛇口。在樊姐心里，人称“莫老爷”的莫锦华，是湾厦村难得的一个有文化的“能人”。1945年，莫锦
年起担任湾厦村党支部书记，1992年起担任蛇口湾厦实业股份有限公司董事长。莫锦华的脑子很活泛。在20世纪70年代，他与留守妇女们一道劳作，带领公社社员种植水稻、蔬菜，出口
一开始的合作模式，是湾厦出土地，对方出资金、技术，但莫锦华很快认识到继续这种模式的话，湾厦无法掌握核心技术，走不长远。于是，他带领湾厦开始尝试独立投资，并且规划建
胆选拔年轻人，并且从蛇口工业区挖来房地产专才，组建专业队伍，不断独立开发新楼盘。这与深圳其他农村集体企业只提供土地由开发商建房的做法迥然不同，村民获益也更多。但湾
。譬如，资助扶持主要面向来深建设者子女的民办学校东湾小学、兴建社区福利幼儿园等等，这都与莫锦华和湾厦人的眼光与心胸分不开。2010年，莫锦华与袁庚、任正非、马蔚华、马
基层做起，双脚几乎丈量了湾厦的每一寸土地。在她的脑海中，清晰保存着湾厦村历史过往与当今眼下的容貌对照图，每走到一处，都能讲出一段故事，比如这里以前有一棵好大的凤凰
之下，湾厦村的租金要便宜200—500元。潮汕人来得最早，然后是来自河南、湖南、湖北的。潮汕人大都是租个小店，自己做生意，其他地域的人，多是打工，或者做运输，开车、开船
间，每个房间可以放3张单人床，每层楼共用一个洗手间，洗手间里还有一台波轮洗衣机。一楼是客厅和厨房，有一台电视机供大家看。当时，一间房月租金是600元，整栋楼6000元，平摊
元。这样算来，湾厦村民的出租屋，租金涨了3倍不到，是留得住人的。当然，现在也出现了不少“精品”装修的单间出租屋，10多平方米、带独立洗手间、家电家具齐全，月租金提高到
一大片荔枝林。每年六月荔枝挂果时节，林子里便从早到晚坐着些本地大婶大叔，手里干着摘扁豆的活计，眼睛随时瞟着路过的外来户，防着偷荔枝。一开始，陈彻感觉，租客跟村民的关
一个月工资。还有，年底村里分红，每户村民得到的现金要装在两个竹筐里用扁担挑回家，村里女孩出嫁时胳膊上戴的足金镯子从手腕一根一根排到肩膀。陈彻觉得，自己和他们是两个世
水果乐呵呵走进来，坐在竹椅上，用极难听懂的广式普通话请陈彻他们吃水果。见他们个个脸上挂着泪痕，大叔愣了一愣，随后说了好多话，陈彻只勉强听懂其中的几句。大叔说：“以

# 相关附录

者称。深圳墟，在明清之际，已经颇有气象了。彼时的蛇口，也许有鱼、有盐、有网、有船，但繁华景象未必赶得上深圳。近代香港开埠，深圳的地理位置就更显重要了。不仅是香港进入
第一站。深圳墟虫蛹化蝶，成了深圳镇。彼时的香港人，未必知道宝安县长是谁，却少有不来深圳镇上流连的。深圳声望日隆，以至深港界河，定名为深圳河；宝安撤县建市，也不叫宝安
常，像张开的蛇口，“蛇口”这个地方因此而得名。大致说来，蛇口的“上颚”及以上部位，是招商蛇口；张开的蛇口及“下颚”部位，属蛇口街道。首先登上时代封面的是招商蛇口，因
转。新建的蛇口港，通航通商，发展临港工业，与古老的蛇口渔港迥然不同。蛇口工业区，一炮而红，不断壮大。沿南海大道往北，从最南端的蛇口客运码头，到工业一路的南海酒店，到
格的联合医院（现更名为深圳市蛇口人民医院暨中南大学湘雅二医院深圳医院）、四海公园，到工业八路的花园城、玫瑰园，到工业九路的爱榕园、招商海月花园，直到东滨路的沃尔玛、
全国第一，缔造了中国改革开放的蛇口奇迹。这也就是40多年来，人们耳熟能详的那个蛇口，人们心向神往的那个蛇口。但这只是令人目眩的蛇口的封面，蛇口还有自己神秘的封底。封底
技公园周边，有着更古远的历史。紧贴着招商蛇口，由西南向东北，依次沿康乐路、商乐街、水湾路、招商路、花果路、工业七路、后海滨路、东滨路为界，以东、以南，直抵深圳湾和珠
蛇口山，就像是长在蛇下颚上的那颗“牙齿”了。这里有东门老街一样的蛇口老街，这里有岗厦村一样的湾厦村，这里有沙井蚝民一样的蛇口蚝民，这里有龙岗客家一样的南水客家，这里
口改革开放大舞台上聚光灯集中照亮的地方。她的故事还鲜为人知，她的精彩还藏在封底。封底，意味着同样值得深究的根底或根基。招商局之所以选择来蛇口开发工业区，一则当然是因
、通五洲航的百年名企招商局，不仅熟悉水路，更想在临港工业方面大有一番作为，处在珠江东岸出海口的蛇口因此入了招商局的法眼。也许东边的大鹏、沙涌、盐田也有自然条件不错的
万言长文深情分享了深藏在她心里40多年的蛇口“私家见闻”。深圳非虚构文学作家萧相风，用七年时间跟踪采访蛇口“渔人码头”的新老蚝民，以洋洋29万言的文学叙述，再现了向海而
另一种呈现方式。如果一枚硬币有两面，蛇口改革开放故事这本大书也有自己的封底与封面，封面大放异彩，封底自有魅力。封底，意味着出乎你意料之外的另类精彩。《深圳样本》的作
庚前后脚来到蛇口。在开发蛇口工业区的最初的日子里，袁庚曾经租住在南水村村民家的房子里。来蛇口闯荡创业，最初做过装卸工的李新初租住村民房的时间更长达七年，房东邬金英大
、居民小区、别墅、酒店，但是更多像李新初一样来蛇口“淘金”“拓荒”的人，先是租　或称农民房、城中村，富裕之后才开始购买商品房、租住高等级公寓。
相关数量指标竟高于声名在外的招商街道和粤海街道。沧海桑田，昔日荒僻的小渔村　之称的国际化社区。这是完整的蛇口故事不该忽略的精彩，也是它
的蛇口封面。设若从香港元朗的米铺、天水围、流浮山，向西眺望深圳湾，就会发现　轮美奂的蛇口新封面。改革开放40余年，从深圳墟到蛇口渔村的水泽
，隔着黄浦江对望，使得外滩和陆家嘴相映成趣、相映成趣，往来频密、争妍斗艳的深港双城，隔着深圳湾对望，使得滨临深圳湾的蛇口、后海，有机会成为深圳的城市封面。这是生活的
的封面：工业与人文、科技与人文、自然与人文，在蛇口这片老渔村和新填海地面，将会如何勾兑、沉淀，孕育新意？打开城市的封面，走进城市的风景，往往各有路径。世界有着各种各
湖四海的外来文化，交织了不同身份的差异人群，拥抱千千万万种人生。深圳继柏林、布宜诺斯艾利斯、蒙特利尔、名古屋、神户之后，是全球第6个“设计之都”。在旅行杂志《孤独星球
险。”然而，深圳最美的风景，无疑还是2000多万城市移民日栖夜息的日常生活场景。我们的街道、里巷、社区、小区、楼宇、亭台、市场、门店……，虽然还有些粗糙，还有些粗犷，还
悄然发生，共同构成了这座城市的丰富。它们正如城市的毛细血管一样，为充满生机的日常生活雨林注入滋养。历经疫情，我们方能更加深刻体会到日常的可贵。当无法自由呼吸，漫步街
疫情反复之际，我们戴着口罩，继续着我们的蛇口漫步。因为我们想将诗意的、遥望远方的目光，也投射到我们身处的脚下，漫步我们熟悉到无视的周遭，发现我们美好到无感的日常。城
漫步蛇口，从迈开我们的双腿开始！车行蛇口，以深南大道、滨河大道转沙河西路南下最为快捷。漫步蛇口，则可沿深圳湾公园滨海步道从容抵达。深圳湾公园东起福田红树林生态保护区
路口的深圳湾口岸，就到深圳湾公园蛇口望海路地段了。一路红树白鹭，翠椰绿茵，远蚝近鱼，波光粼粼，熏风南来，不饮自醉。续行经日出剧场、婚庆公园，信步观海栈道，深圳湾大桥
举目西探，蛇口山赫然在望，蛇口山南就是海居名楼半岛城邦了。城邦东南，也有阅海广场，花团锦簇，雅座连廊。凭栏凌风，远眺南海，尘心尽洗，浪漫满怀。乘兴而西，就是蛇口老
繁华，融于一湾；天造人设，民生福祉，但看一园。深圳湾公园之为深圳封面、蛇口封面，良有以也。从蛇口渔港码头出发，经渔一村、渔二村，可到蛇口老街。蛇口市场人头攒动，设施
东西向街道，依次是商乐街、南水路和蛇口新街。商乐街与海昌街在蛇口老街的西头交叉，围合而成一个三角形街区，周边店铺林立，是早年间蛇口烟火味最旺最浓的所在，华洋酒店等知
西起公园南路，东连科苑南路，是横贯蛇口街道中部的东西向交通主干道，簇新的商业生态正在涵养孕育。蛇口新街以北，西边是湾厦山高地，蛇口渔村的原住民世世代代大多居住在这块
，到后海滨路，到中心路，到科苑南路，到望海路，都是新填海区，都是真正的新蛇口。新蛇口的中心路上有一条人工河，两岸绿荫参差，楼宇相继。所有临街一楼，皆为现代骑楼设计：
个培育期。一旦中心路南端的深圳歌剧院建成，从东滨路北的深圳湾1号，沿中心路逦迤向南，直到歌剧院，是由三湘海尚、君汇新天、太古城、百丽湾、吉祥龙、卓越维港、恒裕·滨城、
谁能说，一眼就能看透蛇口的封面与封底，一览无余蛇口的底蕴与未来？二村落篇　蛇口的湿地与根系1995年，在美国莱斯大学念博士的马立安，第一次来到深圳，开始人类学田野调查。我
到了一起，成就了一桩有趣的异国情缘；也因此走进了深圳大大小小的城中村，开始用人类学眼光打量深圳。马立安和杨阡发起了一个城市走读活动，每次活动，他们聚集不同职业的人，
的城市可以实践主动多元化。城中村的存在就是深圳多元化的体现，也给深圳提供了更多可能性。与马立安的观点不约而同的，是中国（深圳）综合开发研究院理事、资深研究员李津逵，
，也是在这个时候，深圳迎来了空前的人口流动。有人算了一本账，每引进1亿外商直接投资就可以创造1000个生产岗位，很多奔赴这些生产岗位的劳动者们自然而然就住进了城中村。而
事情。其次，深圳的城中村具有罕见的密度和便利的服务。深圳有半数人口都住在城中村，但整个城中村的面积不足深圳的5%，这半数深圳人口的衣食住行全部在村里解决，城中村中的便
企业家、发明家、艺术家、演员、创客等等。假如深圳的城中村瞬间消失，全部取而代之以高大上的商业楼宇，情况会怎样呢？李津逵作了一个样本分析：岗厦村改造以前建筑面积是51.
1万多高收入的人，低收入的人都去到了龙华。住在龙华的人到原来的福田中心区上班，最大的问题就是要过梅林关，汽车、公交、地铁，不论你选择哪种交通工具，都是一个堵。这就是
、在蜕变、在涅槃；湿地里庞杂的根系，在向下扎根，也在向上生长。也许只有走进湿地深处，我们才会明白，小小的蛇口渔村为什么会被誉为“小广东”？这片土地上的原住民，他们是
人口密度最高的社区，湾厦这仅仅0.13平方公里的地头上就居住了近20000人，其中，外来人口就有19000多名。这里是楼宇与店铺的密林。湾厦建有近千栋房屋，其中包括556栋自建房、6
速找到通往目的地的最便捷的通道。这里保留着十足的烟火气，这些烟火有复杂的底色，伴着些神秘、伴着些无奈。许多地方难见阳光，这么多密不可分的楼群在半空中相互粘连，只留出
工人员，他们为了节约开支容纳更多人，家家户户基本都是双架床。人与物相拥，生活不易，但他们非常珍惜在此居住的机会。很多人在这里租住了十多年，有的甚至长达三十多年。这就
”。湾厦创建于明朝末年，是蛇口最早的古村落，这里依山傍海、风景秀丽，吸引了屈、樊、刘、莫、李等姓氏的先祖从番禺、福建、东莞等地迁来安居，主要以种植粮食、果树（荔枝
湾厦村只剩下 64 户人家，320人。男丁缺乏，留下妇女独当一面。曾任湾厦村长、居委会主任的樊姐是湾厦村原住民，出生于1967年，忆起小时候，她说只有一个字：穷。环境很闭塞，所
钱的。只有过年的时候，踩一个多小时的单车，走山路、转好几个坡，去到南头换生活用品时，才能有机会吃到一碗猪红，5分钱，那美味至今还记得。村里种的荔枝也是吃不到的，那是
客。蛇口人熟水性，又清楚水流、潮汐、风向等，基本没有淹死的。有一次，躲在荔枝园里的外来偷渡客找到了樊姐父亲，恳求能否寄住一个晚上或者两三天，等待顺风顺水的好时机。但
过去了。樊姐从那时开始学着当家，存好父亲托人捎带回来的港币，那时，1元港币可以兑换1.15元人民币。男人们在外面挣了钱，就回来盖房子。一开始有的建了两层，有的建一层。等又
人村”，几乎每家每户都只有一个妇女带着几个孩子和老人留守。女人要耕田、割禾、种蔬菜、摘荔枝。收荔枝是大事，挂果时要打理，摘果后要赶紧挑去卖，还要下枝……忙个不停。2
说：“湾厦妇女撑起了‘整片天’。”为了纪念女人们的贡献，从1985年起，每年的三八妇女节成为全村的大节日，湾厦所有的妇女和村民欢聚一堂，除了大摆宴席，还要组织外出旅游。
在湾厦一个贫苦的渔民家庭，依靠助学金在南头中学读完高中。他成绩优异，1968年高中毕业后就回到湾厦村（那时还叫湾厦大队）工作。1973年，年仅28岁的莫锦华开始担任湾厦大队党
，每斤一毛钱，大大提高了村民收入。后来，他又抓住改革开放的时机，通过各种途径，努力为湾厦引入企业办厂，先后有沈阳、长春、北京等地的国有企业联合建起了电子厂、钢结构厂
工业园区，统一管理出租。1987年，通过村民集资，位于东角头的湾厦工业区建成。等到房地产开发形成热潮时，莫锦华又带领集体企业走出直接开发房产的新路。为了做得更专业，莫锦
不自私，湾厦为蛇口工业区的开发，各类政府机关的建设，医院、学校等各种公共服务设施的兴建，出让了不少土地。在交通、教育、医疗、治安等民生方面的投入，湾厦股份公司也出手
马明哲等19人共同当选南山区“深圳改革开放30年南山最具影响力人物”。1986年，樊姐在蛇口中学毕业后，开始参加工作，跟随在莫锦华身边学习，从财务出纳，到社区管理，一直没有
边的老房子住了谁，村里原来有两口井，村口一个，村尾一个……樊姐说，外来人口刚刚涌入时，最热闹的是水湾村，那儿靠近蛇口工业区，道路、房屋建设相对比较宽敞些，房子就更好
年春天，女作家陈彻提着简朴的行李从北方内陆来到深圳。那时，她刚刚大学毕业，来投奔老乡。老乡早来两个月，落脚在湾厦村，住的是公司租赁的员工宿舍，一栋四层自建小楼，二
住户头上是200元。现在，27年过去了，房价翻了十几倍；村口的鸡蛋肠粉从5毛一盘涨到了10块钱，涨了20倍；与过去同样的一间房，租金却只收1500元。也就是说，如果还是住3个人，每
——如果同样的面积、设施，在商品房小区，租金差不多要4000元。陈彻记得27年前，站在湾厦村的任何地方，都可以闻到海的味道、听到海浪的哗哗声。村子后边还有一个面积不小的
上都是淡淡的，毕竟语言也不怎么相通。那时候她曾经以为，村民瞧不起租客，眼光会很轻蔑，因为外来人个个身家是那么简陋，每天忙于上班赚钱，而村民身上戴着的首饰随便摘下一个
的阶层，不会有什么共同语言。直到她在深圳度过的第一个中秋节。那天晚上，几个刚来还不到一年的20多岁年轻人坐在一楼客厅聊天，聊着聊着因为思乡都默默掉起了眼泪。50多岁的房
我们这里也有活不下去的时候，吃不饱饭，就游过海去别的地方寻活路。村里的男人都跑了，只留下女人。我们到外面谋生，人生地不熟，找到什么工就干什么活儿，只要能赚到一块港币

# 蛇口一日（节选）

在广东宝安县的西南边有一座山，形状像个蛇头，伸向南海，像是在向这个水域张嘴，想一口把它吞掉。它的身躯由后面一组群山组成，它的尾巴究竟在什么地方，谁也不知道。这情状加强了它的气势，也赋予了它一种神秘感，一般来说，人多的地方蛇总是不大出现的。人们把这地方叫作“蛇口”，大概是想要说明这里的特点吧：荒凉，很少人烟。

准确地说，也就是1978年8月以前，如果你站在这蛇头上向四周瞭望，你会见到荒坡野岭、乱石杂草和茫茫的大海一片，别的东西就没有了。



现在时间正是1982年的年尾，在这三年里，这块地方发生了很大的变化，一条新修的公路已经划破了荒凉原始的地带，把它和外间的世界联结了起来；各种类型的车辆正在上面来往奔驰，有的运载物资，有的运输乘客。这个沉睡了不知道多少年的半岛也苏醒过来了。

……

通向海外的交通线现在也有一个相当现代化的船码头在启用。当我正在走进它的时候，有一条气垫船正在它旁边靠岸。可是它没有卸下物资，却“吐”出一群观光的游客。他们是从海那边的香港来的，他们没有带旅行的箱子，甚至连皮包都没有携带。无疑，他们打算在当天就离去。

他们到这里“观光”什么呢？我走进他们中间的一位中年人，和他攀谈几句。原来他是一位在香港从事工程技术工作的人，这天得以休假，特带妻子和孩子到这里来“散散步，休息休息头脑，因为，这里空气特别新鲜，香港是既噪又闹，简直弄得人要发晕”。他的话说得那么随便，好像这里就是香港郊区的一个花园。这时我猛抬头向对岸一望，香港果然不远，它的那些高大的建筑物就清晰地呈现在我的眼前。原来从那里乘船来只需要45分钟的时间。

叶君健：《蛇口一日》，《人民日报》1983年4月4日

# 深圳（节选）

在正午阳光下的海滨是非常美丽的。正是万里晴空，碧蓝无际。隔海对望就是香港的元朗，从地图上可以知道，珠江口这一带海域，就是著名的伶仃洋所在。海滨有新设的餐厅、百货店，顾客如云。我看旅游者并不多，多半是这里的建设者，而且多是年轻人。他们推着自己的自行车，停下来，走进去，极有兴趣地看陈列着的商品，研究着，挑选着。他们是这地方的主人。他们用自己的双手建设着新的生活。

黄裳：《深圳读本：感动一座城市的文字》，海天出版社，2010

# 蛇口如何留住渔家乡愁?

蛇口原住民黄志文说:“当时不要说外海,去海边打鱼都有很多鱼。我1984年来到明华轮上班,当时的蛇口依然保留着渔港海洋生态,海边的鱼特别多,下班后,经常会去海鲜市场,买一两元钱的小白虾做鱼饵,拿着去海边钓鱼。

“我钓过最大的鱼重达20多斤,在赤湾那边钓了半小时。很多钓上来的鱼比手掌还大,钓鱼人特别青睐鲷鱼和海鱿。

“当时渔民会踩着自制的长滑板,像现在小孩子的单脚脚踏车,在退潮后的红树林地区的海面上捡螃蟹。退潮后螃蟹满地爬,渔民踩滑板去捡,手里拿着一个夹子,夹一个就放在篓子里。

“一个有趣的细节是,当地渔民鱼塘养鱼都不买鱼子,而是去海边捞野生小鲈鱼,放在鱼塘里养,小鲈鱼一般可以养到几十斤。我有时也会买一两斤干面粉,洒在一个漏水篓子里,将篓子用石头沉下去,等小鱼扑上去吃粉时一把将篓子提起,可以捞上很多小鱼。这些鱼带回家,用油炸好,撒点盐,直接吃,味道特别鲜美。”

李荣华:《蛇口如何留住渔家乡愁?》,《南方日报》2018年5月31日第SC02版

# 蛇口建置沿革

· 先秦时期

蛇口地域为百越地。

· 秦代

实行郡县制，蛇口地域属南海郡番禺县。

· 汉代—西晋

蛇口地域属博罗县。

· 东晋—南朝陈

蛇口地域属东官郡宝安县。



· 隋代

蛇口地域属宝安县，初隶广州总管府，后隶南海郡。

· 唐代—元代

蛇口地域属东莞县。

· 明代

蛇口地域属新安县。

· 清代

取消迁界令后，蛇口地域为新安县典史管属地。

· 民国时期

地域初属宝安县第一区湾下乡，后属第一区南头镇。中华人民共和国成立前属第一区南屏乡。

· 1949年

中华人民共和国成立时，属宝安县莲城十约南屏人民联乡，后改为南头联乡，再改新民乡。

· 1953年

在渔民民主改革运动，成立蛇口乡，管辖蛇口圩镇、内伶仃岛、大铲岛以及西乡等地渔民。其时，蛇口地域属第五区蛇口乡、新民乡。

· 1955年

地域属南头区蛇口乡、新民乡，后新民乡并入南山乡。

· 1958年

为加强渔业生产，蛇口乡改为蛇口镇，实行“政社合一”的人民公社体制，地域属超英公社蛇口生产管理区。后超英公社改称南头公社。

· 1959年

成立西海（蛇口水产）公社，管辖宝安县西部地区渔民。蛇口地域属西海（蛇口水产）公社。

· 1961年

西海（蛇口水产）公社改称蛇口公社，蛇口地域属南头区蛇口公社、南头公社。

· 1970年

调整公社管辖范围，南头公社湾下大队划归蛇口公社，自此，蛇口地域归一个行政建置——蛇口公社管辖。

· 1979年1月

宝安县改设为深圳市，蛇口公社属深圳市南头区。

· 1981年8月

蛇口公社属深圳市罗湖区。

· 1982年5月

蛇口公社改称蛇口办事处。

· 1983年9月

蛇口办事处属深圳市南头区。

· 1984年8月

从南头区析置蛇口区，蛇口办事处改称蛇口镇，上属深圳市蛇口区。

· 1990年9月

南山区成立，蛇口镇改称蛇口街道，上属深圳市南山区，蛇口街道自此成立。至今，蛇口街道建置、隶属关系未变。

徐亮、潘嵩山主编《蛇口街道志》，
海天出版社，2012，第35—37页（有删改）

# 蛇口行政区划

·明代

蛇口地域设有湾下乡。

·清代

蛇口地域有新安县典史管属村庄湾下村、内伶仃村（客籍）。

·1953年7月

蛇口地域属第五区蛇口乡、新民乡，其中，蛇口乡下辖蛇口村，新民乡下辖湾下村、水湾头村、南水村、后海村等。

·1959年4月

蛇口地域属西海（蛇口水产）公社。是年7月，改设生产大队（简称大队）、生产队。西海（蛇口水产）公社下辖沙井（蚝业）大队、西乡（蚝业）大队、大铲大队、蛇口一大队（含内伶仃岛）、蛇口二大队、海湾（蚝业）大队、大新（蚝业）大队、后海（蚝业）大队、北头（蚝业）大队、渔农村大队等10个大队。湾下、水湾、南水合并成立湾下大队，隶属南头公社。

·1963年1月

蛇口公社下辖西乡大队、北头大队、大新大队、后海大队、海湾大队、渔业一大队、渔业二大队、大铲大队8个大队，下辖17个生产队。

·1970年

蛇口地域属蛇口公社，设有湾下大队、后海大队、渔业一大队、渔业二大队、海湾大队、大铲大队6个大队。

·1977年8月

湾下大队划分为湾下、南水2个大队，蛇口公社辖7个大队。

·1979年1月

设立蛇口工业区，蛇口公社划出所辖地域2.14平方公里作为工业区地域。是年底，蛇口公社设有7个大队。

·1982年5月

蛇口办事处建立时，辖有湾下大队、南水大队、渔业一大队、渔业二大队、后海大队、海湾大队、大铲大队。

·1983年11月

大队改设为村，设渔一村、渔二村、湾下村、南水村、大铲村、后海村、海湾村，增设海滨居委会（后未成立）。

·1984年8月

蛇口办事处改称蛇口镇，下辖村未变。

·1990年9月

蛇口镇改称蛇口街道。

·1991年2月

南山区调整基层行政区划，后海村划归新成立的粤海街道。蛇口街道辖6个村。

·1992年9月

深圳实行农村城市化改革，行政村改设为居民委员会，蛇口街道6个村改设为6个居委会。

·1995年11月

在未覆盖的空白地域，增设围仔西居委会、海滨居委会。

·1998年12月

调整原8个居委会辖区规模，新成立6个居委会，共14个居委会：湾厦居委会、海湾居委会、渔一居委会、渔二居委会、南水居委会、海滨居委会、大铲居委会、围仔西居委会、东角头居委会、雷岭居委会、海昌居委会、华洋居委会、临园居委会、荣村居委会。

·2001年10月

居委会改设为社区，蛇口街道14个居委会改设为10个社区。

·2004年

增设内伶仃岛社区，雷岭社区分设围仔社区，蛇口街道设有12个社区。

·2010年

蛇口街道辖东角头、湾厦、海湾、渔一、渔二、海滨、海昌、南水、大铲、围仔、雷岭、内伶仃岛12个社区。

·2013年至今

蛇口街道辖东角头、湾厦、海湾、渔一、渔二、海滨、海昌、南水、大铲、围仔、雷岭、内伶仃岛、深圳湾13个社区。

徐亮、潘嵩山主编《蛇口街道志》，
海天出版社，2012，第37—39页（有删改）

# 蛇口美食名录

## 酒家类

### 北京餐厅

在蛇口邂逅正宗北京味儿。1983年开业，至今仍一到饭点即人声鼎沸，能吃到豆汁、炒肝等地道北京菜，是传承，是经典，是经过岁月检验的味道。

推荐：正宗吊炉果木烧鸭/北京大饼/片皮鸭

地址：商乐街185号

### 华洋酒楼

始创于1989年，街坊叹茶（粤语，意为品茶）的首选“圣地”，保留手推点心车，点心均是纯手工制作。一直不忘初心秉承粤菜传统风味，天然原味海鲜令人垂涎。

推荐：薄荷叶煲鸡/药膳凤爪/虾饺皇

地址：水湾路14号华洋大厦首层

### 蛇口渔民合作社·渔民食堂

海鲜火锅套餐需要提前预订，按位收费，消费不亚于五星级酒店自助餐，食材完全取决于当天的渔获，并根据应季海鲜来搭配菜品，丰盛、新鲜。环境优美，大海尽收眼底。

推荐：海鲜火锅套餐

地址：望海路利安商务大厦B座8楼

#### 同兴旺湛江鸡饭店

名声很大的餐馆，主打湛江吴川菜，以鸡肉和海鲜打响名声。在食材上毫不含糊，鸡是湛江走地鸡，海鲜鱼类都是从湛江直运过来的。

推荐：湛江白切鸡/蒜蓉蒸沙虫/杂鱼汤

地址：蓝天路6号

### 烧腊快餐类

#### 老字号蛇口德记烧腊饭店

烧腊是广东人的魂。这家是蛇口最热门的餐馆之一，有两小层楼，在深圳街坊、媒体中均有口皆碑，生意火爆。店内还可以帮客人加工自个采购带来的海鲜，按照重量收取价格公道的加工费。

推荐：金牌烧鹅/烧味拼盘/豉油王鹅肠

地址：南水步行街55号

#### 正宗蛇口德记烧腊饭店

同一条街上有两家德记烧腊，此家也是必“打卡”的餐厅，室内座无虚席，明档打包处时常排起长龙，每天都不够卖，相信你只要路过都会忍不住吞一吞口水。

推荐：烧鹅/蜜汁叉烧/椒盐九肚鱼

地址：南水步行街39号

#### 蛇口康乐快餐鱼仔档

名不虚传的大排档，服务热情。每天菜牌是手写的，全看当天来货，晚上翻台率可达5～7次，即使如此，高峰时间还要排队两个小时，但人们都会选择等待，不愿离去。

推荐：椒盐九肚鱼/豉油皇吹筒仔/香煎龙利鱼

地址：蛇口新街219号

### 鹅最好（南水店）

价格亲民的广式烧腊餐厅，若有幸碰上刚出炉的烧鹅，那味道将令你毕生难忘。

推荐：招牌古法大烧鹅/蜜汁叉烧

地址：南水路285号铺

### 益坊鹅品

现炒快餐店，堪称街坊食堂，家常菜的味道，价格深得人心，苦瓜汤仅收5元，米饭不收费，随意加。

推荐：招牌卤鹅/酸菜鹅杂/苦瓜汤

地址：蛇口新街213号



### 宝狮杂碎小食馆

港式小馆，是蛇口外卖爆单店。店面虽小，胜在整洁干净。菜品分量足，味道也丝毫不逊色于许多知名连锁茶餐厅。

推荐：招牌焗肉酱意粉/香脆鱼柳包/炸鱼柳

地址：湾厦路42-2号

### 张妈台式锅烧

来这里尽情享受台湾美食吧。老板亲切贴心，一人一锅，一个人吃饭也不会尴尬了。

✅ 推荐：沙茶肥牛锅/大肠包小肠/韩式泡菜锅

📍 地址：商乐街30号A铺

### 清远鸡煲

广东吃鸡当数清远鸡，二十多年的老店，以实惠的价格、接地气的环境，吸引回头客无数。

✅ 推荐：清远鸡/炸腐竹

📍 地址：石云路3-5号

## 粥粉面

### 潮州老三砂锅粥

传统广式大排档，正宗潮汕味道，让很多人凌晨两点半不想回家，只因它那无处安放的魅力。

✅ 推荐：虾蟹粥/葱姜炒花甲

📍 地址：公园南路1号

### 大良海记粥底火锅

近几年粥底火锅备受欢迎，好吃不上火，能满足想吃清淡又开胃的需求。

✅ 推荐：经典炒米粉/蛋腌鲜牛肉/普宁豆腐

📍 地址：海昌街176号

### 大众白粥

清清爽爽的白粥，寻常可见的配菜，个中滋味却是潮汕人找寻相思记忆的最好载体。

✅ 推荐：香煎带鱼/炒麻叶/白粥

地址：蛇口老街95号

### 卢记鱼粥汤粉面

老牌潮汕小吃店，夫妻档。酒后的一碗鱼粥，慰藉了多少蛇口人深夜的胃！

推荐：马鲛鱼粥/鸡蛋炒河粉

地址：海昌街蓝虹豪苑一楼26号

### 揭阳老伍粿条汤

蛇口人百吃不厌的揭阳美食料理店，颇具烟火气，店面小，但排队的人群不断，便可以窥见它的人气了。

推荐：粿条汤/白灼粉肠/蚝仔烙

地址：蛇口新街211号

### 广州面家

这家广州味十足的小店，可谓是育才学生最爱光顾的店面之一，有不少学生毕业后工作在外地，回深时还专程回来吃。

推荐：竹升面/绿豆沙/猪红汤

地址：南水村南华楼1楼

### 李宜恒面馆

别被不起眼的店面蒙蔽了，地道的武汉味道，热干面端上桌来就香味扑鼻，令不少湖北人都叫绝。

推荐：热干面/藕汤/豆皮

地址：招商路78号

### 美实粥粉面店广州手工竹升面

一直坚持用传统的手工面，食材舍得下重本，比如鲜虾云吞，透过皮可见红色饱满的虾，一口咬下去，还另有乾坤，放了很多蟹子，吃在嘴里一颗颗爆开。

✅ 推荐：鲜虾云吞面/虾子竹升面/咸肉粽

📍 地址：爱榕路33号

## 与牛相关

### 牛家庄牛肉面

它被誉为“永远不会踩雷”的蛇口美食店，别看店铺其貌不扬，“嗷嗷待哺”的食客座无虚席，便是无需赘言的最好招牌。

✅ 推荐：牛丸牛腩面/牛杂/沙茶捞面

📍 地址：蛇口老街88号

### 佳俊八宝牛杂

据说一天卖出200斤，5分钟卖出一碗。出品很稳定，汤头鲜美不油腻。在这里，没有什么烦恼是一碗牛杂解决不了的。

✅ 推荐：八宝牛杂/牛腩粉

📍 地址：南水路38号

### 老兵牛蹄店

四五张小桌撑起蛇口吃货最爱的牛蹄店，经过5个小时的炖煮，牛蹄非常软糯。放下斯文，好好享受美味吧。

✅ 推荐：老兵牛蹄/千叶豆腐

📍 地址：蛇口老街58号

### 胖子牛蹄

蛇口居民无一不知的宵夜档，幸福简单不过是啃着牛蹄撸个串儿，再加一瓶冰可乐。时刻喧嚣热闹，喜欢安静可能无缘了。

推荐：胖子牛蹄/牛蹄豆腐

地址：湾厦路42-3号

### B仔牛杂（海洋星苑店）

由湾厦一个小摊起家，到开了自家店铺，夫妻两人凭借浓郁的酱汁、新鲜的牛杂、入味的萝卜，"俘虏"食客多年。

推荐：牛杂/牛肚牛肺粉/萝卜

地址：后海大道1120号

## 小吃类

### 嘉华小吃

有人说，这里的粽子是深圳最好吃的。老板谦虚地说：还好啦，最多就是第二。三十几年的老店，已是老蛇口人生活中必不可少的一部分。

推荐：粽子/煲仔饭

地址：渔村路1号

### 杭州昌记小笼包

能改变肉包绝缘体的神奇包子，这不是魔法，白面、猪肉、葱花，简单的本味加上纯手工的用心，现包现蒸，当作早餐，妥妥唤醒你的一天。

推荐：杭州小笼包/蒸饺/豆浆

地址：蛇口新街209号

### 琦记丰顺捆粄

捆粄是有名的客家小吃，外形虽与肠粉相似，口感上却有自己的风味。馋嘴时，或不想吃米粉面条时，它就是不错的选择。

推荐：酸豆角捆粄/芋头捆粄/酸菜捆粄

地址：商乐街43号

### 黄李记·阳江河粉（蛇口店）

猪肠碌是广东阳江著名传统小吃，外形貌似猪肠而得名。馅儿是由豆芽炒河粉制成，再用粉皮包裹，撒上白芝麻，淋上肉汁，口感层次丰富。店面黄色招牌很醒目，不容错过。

推荐：猪肠碌/芋头糕/韭菜煎饺

地址：蛇口老街92号

### 沁心饼屋（蛇口市场店）

老牌烘焙店，这里的糕点不是最精美的，却是最有儿时记忆的。店内处处可见时光痕迹，老旧而不失温馨。比食物更甜的，是服务。当实惠、好味与情怀相得益彰，还有谁会不爱呢？

推荐：菠萝包/老婆饼

地址：蛇口老街84-1号

### DailyBakeryHouse得粒烘焙坊

面包与甜品爱好者不容错过的宝藏，食材严选，菜品健康，制作精良。店铺颜值高，复古的酒红色大门与众不同，随手一拍就能拍出大片。

推荐：牛肉帕尼尼/可露丽

地址：金世纪路南海玫瑰园三期7号楼103铺

### 百草堂祖传凉茶铺（蛇口店）

糖水界的神话，夜越深，人越多。凉茶与糖水和谐共处一室，看似毫不相干，但人生不正是苦甜参半的吗？

推荐：芒果西米露/杨枝甘露

地址：蛇口新街207号

## 外国风味餐厅

### Boathouse 船屋西餐厅

“老外”聚集的餐吧，氛围轻松，有投影幕布，是看球赛的好去处。能玩飞镖游戏，墙上还挂了许多乐器，不少是顾客寄存的，饭毕，兴之所至，皆可登台献唱。

推荐：招牌牛肉扒汉堡/肉眼扒/田园沙拉

地址：望海路南水小区南侧约210米



### Willy’s crab shack 洪杰海鲜餐厅

能在这里尝到许多国家和地区的风味食物，每天都有菜品打折。老板活泼热情，喜欢和人聊天，凭味道实力和热忱服务打造成外国人的“根据地”，时常会举办派对。

推荐：披萨/脆皮塔可/鱼和薯条

地址：石云路18号

### HH Gourmet 丛欢欢西餐厅

吸引许多人千里迢迢来吃贝果的口碑店，有令人产生瞬间去到洛杉矶的恍惚感的魅力。墙上挂有许多国际学校孩子的画，为朴素简单的环境增添不少色彩。

推荐：贝果/煎蛋卷

地址：望海路南海玫瑰园二期43B商铺

### 清迈时光

爱海鲜、爱酸辣口味不容错过的好店，不出国门，享受地道清迈美食。小店装修朴素，靠味道把食客“治”得服服帖帖，因此能扎根蛇口十余年。

推荐：泰式冬阴功汤/泰式特色炒饭/椰香西米糕

地址：海昌街1-17号

### 马德拉斯餐厅

藏在小巷子里的印度餐馆，空间比较局促，却不影响东南亚风情体验。别担心语言，印度老板会说多种语言，除了中文，甚至还会粤语。

推荐：咖喱鱼蛋/榴莲薄饼/印度拉茶

地址：商乐街109号

### 乔蔓尼意式餐厅

门店不起眼、实力却不能小觑的意式披萨店，被外国人评为“蛇口第一意大利餐厅”。老板原是五星级酒店总厨，帮人筹备过12间意大利餐厅。

推荐：披萨/青酱意面/提拉米苏

地址：商乐街61-1号

# 参考文献

[1] 徐亮，潘嵩山. 蛇口街道志 [M]. 深圳：海天出版社，2012.

[2] 戴北方，王璞. 深圳口述史：1992—2002 [M]. 深圳：海天出版社，2017.

[3] 许永军，刘伟. 蛇口，梦开始的地方：致敬改革开放40年 [M]. 北京：人民日报出版社，2018.

[4] 邓一光. 我的光辉岁月：深圳散文四十年 [M]. 深圳：海天出版社，2020.

[5] 南山区史志研究中心. 南山年鉴：2020 [M]. 广州：广东人民出版社，2020.

[6] 罗亚平. 深圳样本 [M]. 北京：清华大学出版社，2020.

[7] 彭曼青. 活跃在深圳蓓蕾幼儿园的男士兵团 [J]. 学前教育，1997 (10).

[8] 探访深圳蛇口最后的渔民群体 [J]. 凤凰周刊，2009 (8).

[9] 陈雯莉，卢育鸿. 东角头油气库旁，那所外来工子女学校 [N]. 晶报，2015-12-04.

[10] 陈难先：力助早期国际学校在蛇口落地生根 [N]. 深圳晚报，2016-01-27.

[11] 蛇口渔村记忆："打鱼佬"、生产队、渔民上岸 [N]. 蛇口

消息报，2017-11-06.

［12］“那年那船那蛇口”，南山博物馆这批珍贵老照片带你看看旧时光［N］. 南方日报，2018-11-26.

［13］他带领蛇口这个渔村走出困境，还扬帆出海闯世界［N］. 南方日报，2020-06-14.

［14］郑耀辉：耕耘教育50载，与深圳同频共振［N］. 蛇口消息报，2020-08-19.

［15］梁仲楷：插队深圳知青见证一座现代化城市的崛起［N］. 深圳晚报，2020-09-02.

［16］国际学校潮涌大湾区：今年或19所国际学校落地 广深成最受欢迎选址地［N］. 21世纪经济报道，2021-03-30.

［17］深圳这个街道刷屏国际“朋友圈”［N］.南方都市报，2021-07-19.

著称。深圳墟，在明清之际，已经颇有气象了。彼时的蛇口，也许有盐、有盐、有两、有船，但条件京家来宅过得上深圳。近代香港开埠，深圳的地理位置就更显重要了。中英定宝地之
第一站。深圳墟虫蛹化蝶，成了深圳镇。彼时的香港人，未必知道宝安县长是谁，却少有不来深圳镇上流连的。深圳声望日隆，以至深港界河，定名为深圳河；宝安撤县建市，也不叫宝安
嘴，像张开的蛇口，"蛇口"这个地方因此而得名。大致说来，蛇口的"上颚"及以上部位，是招商蛇口；张开的蛇口及"下颚"部位，属蛇口街道。首先登上时代封面的是招商蛇口，因
港。新建的蛇口港，通航通商，发展临港工业，与古老的蛇口渔港迥然不同。蛇口工业区，一炮而红，不断壮大。沿南海大道往北，从最南端的蛇口客运码头，到工业一路的南海酒店，到工
四海公园，到工业八路的花园城、玫瑰园，到工业九路的爱榕园、招商海月花园，直到东滨路的沃尔玛、招
但这只是令人目眩的蛇口的封面，蛇口还有自己神秘的封底。封底，
滨路、东滨路为界，以东、以南，直抵深圳湾和珠江
这里有龙岗客家一样的南水客家，这里有
择来蛇口开发工业区，一则当然是因为
涌、盐田也有自然条件不错的
洋29万言的文学叙述，再现了向海而生
意味着出乎你意料之外的另类精彩。《深圳样本》的作
村民房的时间更长达七年，房东邬金英人
才开始购买商品房、租住高等级公寓。
是完整的蛇口故事不该忽略的精彩，也是在
放40余年，从深圳墟到蛇口渔村的水洋
深圳的城市封面。这是生活的
往往各有路径。世界有着各种各
"设计之都"。在旅行杂志《孤独星球
门店……，虽然还有些粗糙，还有些粗粝、这
日常的可贵。当无法自由呼吸，漫步街
周遭，发现我们美好到无感的日常。城
深圳湾公园东起福田红树林生态保护区
信步观海栈道，深圳湾大桥
浪漫满怀。乘兴而西，就是蛇口老
蛇口老街。蛇口市场人头攒动，设施
味最旺最浓的所在，华洋酒店等
原住民世世代代大多居住在这块
皆为现代骑楼设计：
吉祥龙、卓越维港、恒裕·滨城、
开始人类学田野调查。那
每次活动，他们聚集不同职业的人，
院理事、资深研究员李津逵，
们自然而然就住进了城中村。而这
行全部在村里解决，城中村中的供应
改造以前建筑面积是51.4万平方
都是一个堵。这就是城中村
上的原住民，他们是谁？
556栋自建房、6333套
只留出"一线
这就是很多人
果树（荔枝树），养
环境很闭塞，周边到处是山
的，那是经济作物，i
好时机。偷渡人为表示
一层。等又多了一些积蓄
……忙个不停。20世纪80年代初
席，还要组织外出旅游。樊姐回忆，
担任湾厦大队党支部书记，198
电子厂、钢结构厂、化工厂等等。
为了做得更专业，莫锦华唯才是举，
面的投入，湾厦股份公司也出手大方，舍得花
出纳，到社区管理，一直没有离开湾厦。她
房屋建设相对比较宽敞些，房子就更好出租一些。相
住的是公司租赁的员工宿舍，一栋四层自建小楼，二到四楼每层3个房间

元。现在，27年过去了，房价翻了十几倍；村口的鸡蛋肠粉从5毛一盘涨到了10块钱，涨了20倍；与过去同样的一间房，租金却只收1500元。也就是说，如果还是住3个人，每个人只需付500
面积、设施，在商品房小区，租金差不多要4000元。陈彻记得27年前，站在湾厦村的任何地方，都可以闻到海的味道、听到海浪的哗哗声。村子后边还有一个面积不小的山坡，山坡上有一
毕竟语言也不怎么相通。那时候她曾经以为，村民瞧不起租客，眼光会很轻蔑，因为外来人个个身家是那么简陋，每天忙于上班赚钱，而村民身上戴着的首饰随便摘下一个便够得上租客一
有什么共同语言。直到她在深圳度过的第一个中秋节。那天晚上，几个刚来还不到一年的20多岁年轻人坐在一楼客厅聊天，聊着聊着因为思乡都默默掉起了眼泪。50多岁的房东大叔端着一
活不下去的时候，吃不饱饭，就游过海去别的地方寻活路。村里的男人都跑了，只留下女人。我们到外面谋生，人生地不熟，找到什么工就干什么活儿，只要能赚到一块港币，累死累活也

总策划 / 出版人：

胡洪侠

责任编辑：

孔令军

特约编辑：

岳鸿雁

技术编辑：

林洁楠　杨　杰　何杏蔚

装帧设计：

杨　军　任　敏

图书在版编目（CIP）数据

蛇口漫步 ：深圳社区记忆 / 深圳市南山区蛇口街道办事处著. -- 深圳：深圳报业集团出版社，2022.1

ISBN 978-7-80709-991-8

Ⅰ. ①蛇… Ⅱ. ①深… Ⅲ. ①故事 - 作品集 - 中国 - 当代 Ⅳ. ①I247.81

中国版本图书馆CIP数据核字(2021)第278703号

《我们深圳》文丛

深圳市文化创意产业发展专项资金资助项目

蛇口漫步：深圳社区记忆

Shekou Manbu Shenzhen Shequ Jiyi

**深圳市南山区蛇口街道办事处** / 著

深圳报业集团出版社出版发行

（深圳市福田区商报路2号　518034）

中华商务联合印刷（广东）有限公司印制

新华书店经销

开本：889mm × 1230mm　1/32

字数：220千字

版次：2022年1月第1版　2022年1月第1次印刷

印张：8.5

ISBN　978-7-80709-991-8

定价：55.00元